KB108863

신우 곁에

신우 곁에

발행일 2021년 4월 7일

지은이 문윤범
펴낸이 손형국
펴낸곳 (주)북랩
편집인 선일영 편집 정두철, 윤성아, 배진용, 김현아, 이예지
디자인 이현수, 한수희, 김민하, 김윤주, 허지혜 제작 박기성, 황동현, 구성우, 권태련
마케팅 김회란, 박진관
출판등록 2004. 12. 1(제2012-000051호)
주소 서울특별시 금천구 가산디지털 1로 168, 우림라이온스밸리 B동 B113~114호, C동 B101호
홈페이지 www.book.co.kr
전화번호 (02)2026-5777 팩스 (02)2026-5747

ISBN 979-11-6539-705-0 03810 (종이책) 979-11-6539-706-7 05810 (전자책)

문윤범 장편소설

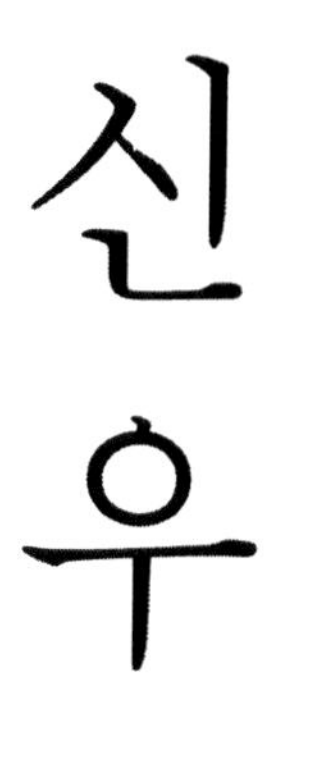

신우 *anybody* 곁에

북랩 book Lab

머리말

20대 때 정일호 작가의 『미안해 사랑해』를 읽은 적이 있다. 어떻게 읽게 됐는지는 잘 모르겠다. 어느 날엔가 그 책이 손에 쥐어졌다.

그 책을 읽었다. 사진들도 있었고, 수필이라고 해야 할지 에세이라고 해야 할지. 구분되어지는 것에 상관없이 난 그 책을 재미있게 읽었다. 때론 감동하기도 하면서 말이다. 그때까지도 난 내가 이런 이야기를 쓰게 되리라고는 생각지 못했다. 하지만 이 이야기는 그 작가가 쓴 책에 영향을 받은 것처럼 보인다. 김기영 감독의 영화 「하녀」를, 봉준호 감독의 영화 「기생충」이 개봉한다기에 먼저 찾아봤고, 그리고 난 극장에서 기생충을 봤다. 커다란 스크린이 내 눈앞에 펼쳐졌다. 그 영화들이 이 이야기에 준 영향도 크고 강했다. 영감을 준 사람들이다.

/

이 소설에서는 오아시스의 <Don't look back in anger>가 나오는데, 잉글랜드와 프랑스의 축구 국가대표 친선경기를 보다, 경기가 시작되기 전 프랑스 군악대가 맨체스터 테러로 인해 깊은 상실감에 빠졌을 잉글랜드인들을 위로하기 위해 그 노래를 연주하고 부르는 모습을 보면서 감명을 받았다. 2017년의 일이었다. 폴 포그바가 등장하고, 델레 알리가 나란히 등장하는 모습을 보면서 축구라는 전쟁의 아름다움을 느끼기도 했다. 스포츠는 인생에 곧잘 비유되고는 한다. 부디 하나의 경기를 관람하는 기분으로 이 책을 읽어줬으면 하는 바람이다.

이 책이 자신의 손에 쥐어졌을 사람들에게, 그저 운명이었기를 희망한다.

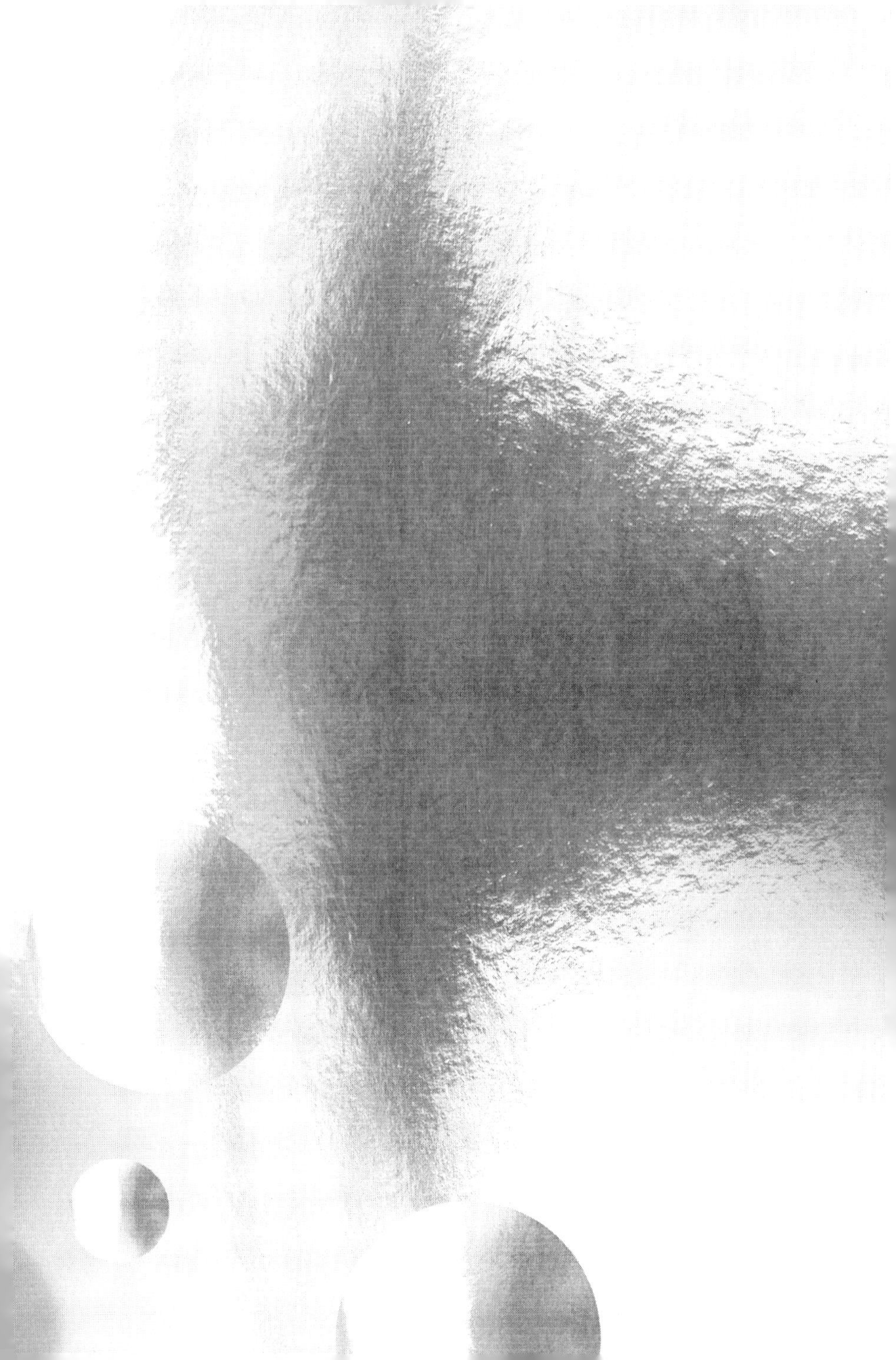

목차

수자

수자는 투명한 잔 하나를 식탁 위에 놓았고 그곳에 물을 따랐다. 그러나 손은 아래로 내려져 무릎 위에 놓여 있을 뿐, 그 잔을 외면하기라도 하듯 그녀의 시선은 거실 한가운데를 향해 있을 뿐이다. 그녀는 해고당했다. 더 이상은 신우를 돌볼 수 없다는 사실에 그것이 이별이라는 감정을 직감하는 것이 아닌, 정이 들어, 이 집을 떠나야 함에 가슴 한구석이 허전해질 것이라고 생각하는 것도 아니었고, 이곳을 떠나야 하는 이유 때문에 미련을 가지고 있는 것 또한 아니었다. 그녀는 단지 저 소파를 바라보고 있을 따름이다. 저 긴 녹색의 의자를.

태경은 몇 개월 동안 마음속에 담아 두었던 이야기를 꺼냈다. 겉이 그을려 있는 빵 두 조각과 한 덩어리의 누런 치즈.

그리고 일정한 모양으로 잘려 있는 몇 조각의 사과들이 놓인 접시를 거의 비워낸 뒤. 그리고는 말했다.

"이번 주까지만 일하는 걸로 했으면 좋겠어. 미안해."

태경의 말에 그녀는 웃었다. 그건 마치 목에 있던 혈관 하나가 막혀 얼굴 근육이 마비된 사람의 미소처럼 보였다.

"괜찮아?"

태경은 그녀의 표정을 살폈다. 하지만 이내 고개를 떨구었다. 우유 한 모금을 마셨다.

"신우는 오늘부터 어린이집에 보내기로 했어. 내가 출근길에 데려다주고 갈 거야. 조금 쉬어."

그는 식탁에서 일어나 의자에 걸어 놓았던 외투를 걸쳐 입었다. 그리고 옷장이 있는 방으로 갔다. 방문 앞에 서서 뒤돌아봤다.

"지난번에 사 놓은 모자 달린 패딩, 옷장에 있어?"

수자는 대답 없이 고개를 끄덕였다. 태경은 옷장 문을 열고 옷걸이들을 옆으로 밀며 뒤에 있던 자그마한 하얀색 패딩을 꺼내왔다. 그리고 거실 한가운데에 앉아 있던 신우에게로 다가가 그것을 보여주었다. 순간 신우의 입은 옆으로 크게 벌어지며 울음소리를 냈다. 그건 스스로가 힘에 겨울 만한 소리였다. 수자는 그 소리를 외면하고 있었다. 태경은 곰을 보여주었다. 신우는 그 스웨터 위에 수놓아진 곰을 좋아했다. 하지만 소용없는 일이었다. 그 아이는 그것을 입을 마음이 없어 보인다. 입혀야만 했다. 모자가 달린 하얀색의 패딩을 그 스웨터 위에 입히려던 것이 원래의 계획이었지만 자신이 생각했던 것과는 다른 방식으로 입히게 되었다.

"그렇게 입고 나가면 추워요."

신우의 신발을 신기려 앉아 있던 태경에게 수자는 말했다. 그리고 그녀는 신우의 목에 목도리를 둘러주었다. 태경은 신우를 한쪽 팔로 안은 채 일어나 버튼을 눌렀다. 도어락이 해제됐다.

"갈게."

텅 빈 소리만이 들렸다. 모두 떠나고 없는 집 안에 그녀는 덩그러니 혼자 놓였다. 주방 식탁에 앉은 수자의 두 눈은 허공을 향해 있었다.

그 눈은 거실 벽에 걸린 시계를 봤다. 그러다 곧 창문 밖 흐린 하늘로 시선이 향했다. 화장실로 가 자신의 얼굴을 보지만 거울 속 그 여자는 아무런 표정도 짓지 않는다. 서랍장에 있던 새 수건을 하나 꺼냈고 얼굴을 씻었다. 머리를 감고 방으로 와 말렸다. 화장대 서랍 속에 넣어 두었던 빨간색의 털모자를 꺼내 썼다. 청바지를 입고 한쪽 벽에 걸려 있던 파란색의 코트를 걸쳐 입었다. 그녀의 모습은 마치 먼 여행을 떠나는 여자의 모습 같았다. 그녀는 공항으로 가는 6009번 버스에 올랐다.

그 까맣고 작은 얼굴은 차창에 기대어져 있다. 수자는 집을 나와 인천국제공항으로 향하는 버스를 탔다. 무거운 가방을 짊어진 사람의 커다란 발. 하지만 빠른 속력으로 달린다. 수자의 눈은 잠깐 감겼다 곧 다시 뜨이기도 하지만 그곳으로 가는 길은 멀기만 했다. 창문 밖 바다는 회색빛으로 꽁꽁 얼어붙어 있는 듯했다. 이 다리가 끝나면 녹아 있을까. 버스는 더욱 속력을 낸다. 하지만 바다 위에 세워진 길은 끊어지지 않을 듯 길고 또 길다.

수자는 신우가 다니게 될 어린이집의 모습을 상상했다. 그 문 앞에 선 태경의 모습. 신우는 아직도 울고 있을까. 그 아이를 맞이할 선생님들의 얼굴은 어떤 모습일까. 어떤 얼굴을 하고 있을까. 자신과는 다를 것이 분명했다. 그리고 그들의 모습과는 비슷했을 것이 분명하다.

한 시간여를 달려 버스는 어느덧 공항 입구에 멈춰 섰고, 수자의 두 다리는 무엇인가에 이끌리듯 공항 안을 향했다. 사람들 사이를 지나갔다. 안내판을 보며 비행기가 떠나는 시간을 기다려도, 같은 얼굴을 한 승무원들이 출국장 안으로 들어가는 모습을 보고 있어도 그곳의 날씨가 떠오르지 않는다. 그녀는 공항 한구석에 앉아 사람들을 보고 있다. 누군가를 향해 손을 흔드는 여자의 모습을 본다. 커다란 가방 위에 앉아 고개를 한쪽으로 떨어뜨린 채 잠을 자고 있는 아이에게로 시선을 둔다. 겨드랑이 사이에 총을 끼워 놓은 채 벨기에산 마리노이즈 개를 끌고 다니는 군인들의 걸음을 본다. 그리고 수자의 눈은 전화기를 한쪽 뺨에 갖다 대고 있는 어느 남자에게로 향했다.

태경은 밥을 먹다 일어나 밖으로 나가 통화를 했다. 그때 수자는 창문을 통해 그 모습을 지켜보고 있었다. 한 달 전의 일이었다.

그들은 중국 요리를 파는 어느 레스토랑에서 서로를 마주 보며 앉아 있다. 신우는 수자의 옆자리에 앉아서 그녀가 잘라 놓은 음식들을 먹는다. 동파육이었다. 종업원은 그 음식이 중국의 시인이자 정치가였던 소동파의 이름을 따 만든 것이라고 설명했다. 목깃에 검은색 선이 들어간 빨간색 차파오를 입은 여자는 동파육이 담긴 접시를 내려놓으며 원래의 발음을 이야기했다. 갑작스럽게 억양으로 바꿔 그 이름을 이야기했다. 東坡肉이었다. 태경은 소주잔에 술을 따랐다. 그리고 그것을 한 모금 마셨다. 전화벨이 울렸고, 그때 그는 자리에서 일어나 전화기를 들고 밖으로 나갔다.

누군가와 통화를 하고 있다. 그는 유리 창문에 붙어 있는 노란색의 한자 侯 뒤를 서성댔다. 그녀의 시선 속에는 그 한자가 옆으로 뒤집힌 채로 있었다. 그의 입가에서 미소가 번

진다. 그러다 손으로 입을 가렸다. 수자와 눈이 마주치게 되었을 때 태경은, 하지만 다시 그녀의 시선을 피한 채로 다른 곳을 향해 몸을 돌렸다.

전화를 끊고 들어온 그의 표정은 무척이나 밝았다. 식당 조명등은 LED가 아니었다. 그의 얼굴을 환하게 비추는 것은, 그 입가에 미소를 만드는 누군가가 있다는 사실을 알게 되었을 때 수자는 과연 어떤 생각을 할 것인가. 그녀는 젓가락을 놓은 채로 있었다.

"왜 안 먹어?"

수자의 접시 위에 놓여 있는 한 덩어리의 고기 살점은 무엇으로도 만져지지 않은 채 그대로였다.

"많이 먹었어요."

사실이 아니었다. 직감이라는 것은 젓가락을 식탁 위에 놓기 전 이미 찾아와 있는 것이고는 했다. 남자는 통화를 끝내고 바닥에 내려놓았던 가방을 챙겼다. 아무런 소리도 들리지 않던 귀 근처에서 공항 안의 소리들이 들려왔다. 그녀가 그곳에 앉아 있던 시간은 벌써 40분이 되어갔다. 몸을 일으켜 세웠다. 다시 사람들 사이를 헤집으며 출구 쪽으로 향했다. 그런 수자의 앞을 가로막고 서는 것이 있었다.

"청소 중입니다! 지나가도 될까요?"

로봇이었다.

그러나 왜 웃음을 짓지 못하는가. 그 38리터짜리의 먼지통을 가진 인공지능의 노동자가 일을 할 수 있도록 길을 내주고, 그리고 출입문을 나가려다 다시 그곳을 뒤돌아보지만, 하지만 그때의 모습이 떠오르지 않는다.

그녀는 다시 고개를 돌렸다. 공항 밖으로 나와 새로운 버스를 기다렸다. 사람들 사이에 섞여 어딘가를 바라보고 있다. 7월의 기억은 이미 그녀를 떠나온 것일까. 다시 돌아갈 수 없는 곳에 놓인 모습처럼 아득한 것일까. 이곳에 처음 발을 내디뎠던 그날은, 12,300미터나 되는 바다 위의 다리를 건너야 닿을 수 있는 곳처럼 멀고도 먼 곳에 있었을까.

태경을 처음 본 것은 그로부터 일 년이라는 시간이 지난 뒤였다. 처음 그를 봤을 때 수자는 그의 시선이 어딘지 외진

곳을 향해 있다는 것을 느꼈는데, 이 정교한 빌딩들과 도로 위를 줄 맞춰 달리는 차들을 축복이라고 여겼던 그녀의 시선 속에 그 얼굴은 왜 그리도 불행한 사람의 모습처럼 보였을까. 그 남자의 곁에는 사랑스러운 딸이 있었는데 말이다. 기대고 안겨 채워줄 또 다른 한쪽의 존재가 있었는데 말이다. 하지만 그에게는 아내가 없었다.

그렇지만 수자에게는 그런 불행함을 느낄 여유조차 없었다. 어딘가 틈 사이로 들어가 자신의 몸을 끼워 넣을 만한 공간조차 없는 듯했다. 이 나라의 사람이 아니라는 이유. 어쩌면 그것 때문이었는지도 몰랐다.

수자가 처음 일하게 된 곳은 크고 아름다운 정원이 있는 2층짜리 집이었다. 불법이었다. 그건 이 나라에서 허락하지 않은 일이었다. 그녀가 한국으로 들어올 때 발급받은 것은 D-4 비자였다. 한국의 문화를 배우고 공부하기 위해 온 사람. 하지만 그녀는 가정부로 고용됐다. 수자의 그런 신분을 감수하고도 그녀를 한국으로 불러들인 것은 어느 언덕 위의 집에 사는 남자였다.

피부가 하얗다. 안경을 낀 모습이 잘 어울린다. 수자가 본 그의 첫 인상은 그랬다. 그런 모습의 남자는 자신의 이름을 'Nathan'이라 부르라 했다. Nathan, 그는 무슨 옷을 입어도 잘 어울릴 것 같은 얼굴의 아내를 두었으며, 그녀의 키는 매우 컸고, 그런 그와 그녀를 반쯤 닮은 듯한 중학생 딸 하나와 초등학생 아들 하나를 가족으로 삼고 있는 한 집안의 가장이었다. 또는 남편이자 아빠이기도 했다. 누군가는 말할 것이다. 어떤 옷을 입고 무슨 행동을 해도 부자라고 불릴 만한 사람들이 있을 것이라고. 수자는 어쩌면 그들과는 반대되는 입장에 있었던 건지도 모른다. 평생을 다가가려 노력해도 가까워지기 힘든 거리에 있는 관계였을지 몰랐다. 그리고 그들 사이에는 에이전트가 있었다.

정확하게 이야기하자면 Nathan이 수자를 직접 고용하게 된 것은 아니었다. 동남아시아인 가정부를 소개해주는 곳이 있다는 것을 알게 되었고, 그는 그 사이트의 존재를 알고 있던 사람에게서 주소를 건네받았다.

그녀가 한국으로 오기 전 두 사람은 화상 채팅을 했다. 둘은 컴퓨터 모니터를 통해 처음 서로의 얼굴을 마주하게 되었다. 단아한 얼굴과 순수한 표정의 여자. Nathan이 보는 화면 속 여자의 뒤로는 아름다운 자연과 절의 풍경이 사진으로 걸려 있었고, 그 앞에 앉은 여자의 맑은 미소가 자신의 마음을 사 한국으로까지 올 수 있게 되었다고 훗날 그는 이야기했다. 그들은 대화를 나누었다. 한국으로 오는 것에 대한 그녀의 동기가 무엇인지. Nathan, 그 자신에게는 그것이 또 어떤 도움이 되는지에 대해서도 이야기했다. 그들은 영어로 대화했다. 심리적인 안정, 또는 불안함의 해소. 그는 그것이 환경의 조성에서부터 비롯되는 일이라고 믿고 있었다. Nathan은 그것이 동남아시아인 가정부를 고용하는 일이라고 확신했다.

수자를 고용하기로 한 그는 그녀가 머물게 될 방의 사진을 보여주었고, 그리고 넓은 집과 정원의 사진을 메일 속에 담아 보내주었다. 수자는 그 메일을 오래도록 간직하고 있었다. Nathan은 무척 젠틀한 남자였고 그녀를 절대로 하녀 부리듯이 하지 않았다. 손수 요리를 해 그녀의 일거리를 줄여주기도 하는 남자였으니 말이다. 그저 동정일지라도 따뜻했다. 수자는 그곳에서 편안했다. 그녀에게 주어지는 육체적인 노동은 오로지 그녀를 긴장시키고 균형을 유지시킬 만한 수준의 것이었다. 차라리 아가씨와 같은 존재였다고 말하는 것이 옳을지도 모르겠다. 그녀 역시 누군가의 딸인 것은 틀림없었을 테니까.

가끔 초등학생 아들이 장난을 쳐오기는 했지만 말이다. 그 아이는 평소 수자가 하는 행동을 우스꽝스러운 모습으로 따라 하기도 했고, 수자는 한국말을 할 줄 모른다며 혀를 내밀며 놀리기도 했다. 그건 그 자신이 수자의 말을 완벽히 이해할 수 없었기에 그랬던 것이기도 했다.

하지만 때때로 허락되기도 했다. 그럴 때마다 Nathan의 아내는 자신의 아이를 무척 혼냈고, 특히나 아줌마라는 호칭을 뒤에 붙이지 않을 때는 벌을 주기도 했지만, 그러나 때로는 눈을 감기도 했다. 어떠한 잘못은 못 본 체하기도 하는 그녀였다. 확실한 건 그들에게는 분명한 기준이 있었다는 것이다. 선이 있었고, 그것을 넘거나 넘어오면 단호하게 행동했다.

어느 날은 비타민의 결핍이 한 인간의 육체와 정신에 가져오는 영향에 대해서도 이야기했다. 아픈 뼈와 우울증. 거실 소파에 앉아 단둘이 나누던 대화였다. 커피 한잔씩을 앞에 두고, 그리고 그곳에 네모난 설탕 한 조각을 떨어뜨리며 말한 것이었다. 그녀는 TV를 보지 않았다. 그 여자는 무척 지적이었고 수자를 움직이게 하는 언어들을 말할 줄 알았다.

그녀만큼이나 키가 자라고 있던 딸은 말수가 적었는데, 그 아이는 예민했고, 민감했으며, 어느 날은 수자가 자신의 방문을 두드리지 않고 방으로 들어온 것에 대해서 표정을 지어 보이기도 했다.

"소혜!"

웃을 줄 모르는 소녀였고, 그렇다고 또 울지도 않는 중학생이었다.

수자는 그날 빨래를 방 안으로 가져다주기 위해 소혜의 방문을 열어젖혔다. 그 아이는 그때 책상 위에서 무언가를 만들고 있었다. 수자는 그 모습을 봤다. 방문이 열리는 소리에 몸을 움츠리며 무언가를 자신의 가슴 앞으로 끌어당기는 모습을 말이다. 소혜는 그녀의 모습을 봤다. 자신의 방문을 열고 들어오는 수자를 보며.

그 뒤로 소혜는 집에 있을 때도 늘 방문을 걸어 잠갔다. 그렇다고 그 아이가 수자에게 화를 내거나 짜증을 부리거나 하는 것은 아니었다. 그 아이의 얼굴에서 표정을 보는 것이란 드문 일이었다. 단지 서로 눈을 마주칠 수 있는 기회가 점점 줄어들기 시작했던 것뿐이다. 화장실을 가다 마주쳐도 소혜는 고개를 돌려 버렸다. 어쩌다 온 가족이 거실에 모여 과일을 먹을 때도, 집 정원 한가운데에 커다란 그릴을 준비해놓고 고기를 구워 먹는 시간에도 그랬다. Nathan의 아내는 그런 소혜를 부추기며 입을 열도록 유도하려 했지만, 겨우 입을 열어 한마디를 하면, 그러나 만족하지 않고 또 다른 요구를 하기에 이르렀다.

"No Korean, only English!"

그건 한국인이기를 바라지 말고 영국인이기를 바라라는 말과도 같은 것이었다. 남편의 영어 이름 Nathan은 그가 유학 시절 유럽의 다른 국가들을 여행하던 중 'Le docteur Jonathan en Algleterre', 영국의 조나단 박사라는 제목의 그림을 본 뒤 그것에서 n, a, t, h, a, n이라는 글자만 따와 지은 이름이었다. 그는 가끔 그 시절의 추억을 이야기하고는 했다. 아내가 처음 만들어준 파스타에 대한 이야기를 하며. 유럽에서 어떤 한 여자를 만났고, 그녀의 큰 키와 강인한 모습에 반했다는 이야기를 하면서 로맨틱한 모습을 보이기도 했다. 그녀의 이름은 준희였고, 그 여자가 결국 자신의 아내가 되었다고 말하며 그들만의 드라마를 펼쳐 보이기도 했다. 온 가족이 모인 자리. 각자의 앞에 놓인 접시와 나이프, 포크. 그때 그 식탁의 한가운데에는 Nathan이 손수 만든 음식이 커다란 접시 위에 놓여 있었다. 라자냐. 이제는 그가 자신의 아내를 위해 요리를 해줄 만큼 성장해 있었던 것이다.

수자는 그 집에서 6개월을 일했다. 무슨 일인지 Nathan의 아내는 수자에게 해고를 통보했고 어느 날 갑자기 그 집을 떠나야만 했던 것이다. 두 개의 와인잔을 들고 와 한쪽 손에 쥔 것을 그녀에게 건네며 말했다. 준희는 거실 소파에 앉아 수자에게 그렇게 이야기했다. '나는 너를 해고한다.' 그녀는 그 문장에서 답을 찾으라고 이야기했다.

수자는 캐리어를 챙겨 집을 나왔다. 새로운 일자리를 구해야만 했고, 다행히도 머지않아 새로운 집에서 일할 수 있게 되었다. 그곳은 70평이 넘는 커다란 빌라였다. 그곳에서 일했다. 하지만 그 집에서의 생활은 정말이지 지옥과도 같았다.

지옥에서 빠져나왔다. 수자는 6개월이 지난 후 그 집을 다시 나와야 했다. 에이전트에게 문자를 보냈고, 더 이상은 이곳에 있을 수 없다고 이야기했다. 그녀가 쓴 그 편지와도 같은 대화창 글자들에는 그녀의 심정들이 묻어나 있었다. 에이전트는 수자가 보내온 그 메시지에 답장을 하지 않았다. 그 순간 그녀는 다른 인물들이 추려져 있는 명단을 살펴보고 있었다. 그리고 자신의 비서에게 그녀의 귀국 티켓 발권을 하라며 수자의 인적사항이 기록돼 있는 서류를 건넸다. 그녀는 그곳을 떠나게 되었다.

그 집에서 나왔지만, 하지만 그녀는 돌아갈 수 없었다. 에이전트는 다른 동남아시아인 가정부를 그 집에 소개시켜줬고 수자는 그 몇 주 동안 깊은 갈등 속에 빠져 있었다. 이렇게 떠나야만 하는가. 더 이상은 있지 못할 운명인가. 작은 모텔 방 안에 갇혀 화사한 색깔로 도배된 벽을 보며 있었다. TV도 틀어 놓지 않은 채 옆으로 돌아누워 있었다. 그곳에서 나오는 소리들조차 무섭고 두려운 그녀였다. 젖혀 놓은 커튼 사이로 들어오는 한 줄의 빛에 의지했다. 그러다 잠이 들고는 했다. 하지만 그럴 때마다 그녀를 일으켜 세우는 목소리가 있었다.

메시지 한 통이 도착했다. 얼마 지나지 않아 수자는 에이전트에게서 새로운 일자리를 소개받게 되었다. 결국 1년을 더 머무를 수 있는 기회가 생겼다. 정신을 차리고, 씻고 나와 밥을 먹었다. 굳은 빵과 그 사이에 끼워진 갈린 고기들, 그리고 딱딱한 감자가 콜라와 함께 나오는 밥을 먹었다. 그녀에게는 그것이 미음을 입에 갖다 대는 일만큼이나 힘겨운 것이었다. 그때 핸드폰에서 메시지 알림음이 울렸다. 그 소리는 수자가 설정해놓은 것이 아니었다. 주는 대로 받은 핸드폰에서 들려온 소리일 뿐이었다.

그리고 그녀의 앞에 나타난 사람은 태경이라는 이름의 남자였다. 그때 에이전트는 손가락 하나를 들어 보이며 그렇게 이야기했다. 이번 연결은 매우 절묘한 타이밍에 이루어졌다고. 그리고 이번이 마지막 기회일 것이라고 경고했다. 그의 집 문 앞에서였다. 그 남자가 자신에게 연락을 해온 시점과 네가 그 집을 나오게 된 시점이 절묘하게 맞아떨어졌다고 이야기하며. 그리고는 곧장 벨을 눌렀다. 수자는 집 문을 열고 나오는 그의 모습을 봤다. 태경이었다. 밝은 미소를 띤 얼굴의 남자. 하지만 그의 첫인상, 미소는 어딘지 삐뚤어져 있는 모습이었다.

수자는 문 앞에 선 그의 팔과 옆구리 사이를 오고 가는 아이의 모습을 봤다. 그리곤 그는 그들을 집 안으로 들어오게 했다.

그는 서른세 살이 되던 해에 결혼을 했다. 하지만 그로부터 일 년 후, 그가 서른넷이 되었을 때 낳게 된 딸 신우는 이제 그 혼자서 돌보아야 할 처지가 되었던 것이다. 태경은 서른다섯이 되던 해에 이혼했다. 반쪽짜리가 된 그의 몸은 이제 그의 얼굴을 정상적으로 웃지 못하게 만들었다. 수자에게는 그 모습이 비대칭적이었다. 그때 그는 병들었었다. 다니던 회사를 잠깐 그만둘 만큼 충격적으로 다가온 일이었다. 그리고 몇 개월이 지난 후였다.

그 무렵 그는 가정부를 고용할 수 있는 사이트 하나를 알게 되는데, 그건 회사 동료, 선배로부터 건네받은 한 줄의 주소였다. 아이를 돌봐주고 음식을 만들어주고, 그리고 집을 가꾸어줄 수 있는 사람이 그 인터넷 사이트 안에 있다. 그는 말했다. 명제는 태경에게 그곳 사이트의 주소를 건넸고 연락처를 알려줬다. 태경은 그 주소를 복사해 입력창에 붙여넣었다. 하지만 망설였다. 그는 핸드폰 번호가 적힌 두꺼운 종잇조각을 보며 고민했다. 그 앞을 떠나지 못한 채 머무르기만 했다. 퇴근할 시간이 되어간다. 그럼에도 그의 책상 위 컴퓨터는 꺼지지 않고 그의 두 눈을 밝히기만 했다.

회사 건물 1층에 있는 커피 전문점에서 사가지고 온 커피는 그의 몸을 다시 컴퓨터 앞으로 이끌었다. 한 모금의 커피를 입에 갖다 댄다. 다시 눈이 또렷해질 것이라는 망각을 가져다주는 것. 카페인이 가진 힘이었다.

하지만 회원으로 가입해야 했다. 그 사이트를 둘러보기 위해서는 몇 가지의 조건이 있었고 승인되기까지 어느 정도의 시간을 필요로 하는 일이었다. 그에게는 번거로운 일이었다.

"퇴근 안 해? 뭐하노?"

반대편 건물의 유리창에 반사된 햇빛이 사무실 안을 비추고 있었다. 집으로 돌아갈 시간이 되었음에도 가지 않는 저 녀석의 모습은, 태용은 그런 태경의 모습을 가만히 쳐다보고 있었다. 그리고는 그렇게 말했다.

컴퓨터 앞에 앉아 있는 태경의 시선 속에는 무언가 걱정스러움이 있어 보였다. 그 모습을 보고 있는 태용의 눈에서는 걱정스러움이 읽혔다.

"지금 가려고요."

"빨리 들어가."

태용은 가방을 챙겨 들고 자리에서 일어났다.

"내일 봐!"

그리고 나갔다. 태경은 미소를 지으며 인사했다. 컴퓨터를 끄고 자리에서 일어났다. 하지만 입가에 머금었던 미소는 이내 사라지고 없는 채였다.

가방을 챙겨 들고 나왔다. 태경의 생각들은 여전히 그 컴퓨터 속에 있는 것만 같았다. 그 사이트 안에 있는 것 같다. 지하철을 탔고, 그럼에도 핸드폰을 꺼내 다시 그곳 안으로 들어가기를 반복했다. 열차는 빠르게 달리지만 사람들은 그 속도를 두려워하지 않는다. 모두 한쪽 손을 어딘가에 고정시킨 채로 세로로 긴 화면 속의 글자들을 읽고 있다. 가끔 두 다리만으로 버티며 균형을 유지하는 사람들도 있다. 능숙해진 자들이다. 누군가는 습관적으로 빈자리를 찾아 헤매기도 한다. 엉덩이를 좌석에 붙인 사람들이 승리자다. 태경은 언젠가부터 스스로 패배를 인정하기 시작했다. 열차 문에 기대서서 핸드폰을 보고 있는 그였다.

그 글자들은 다시 가로로 된 긴 화면 속으로 옮겨온다. 집으로 돌아와서도 끝나지 않는 일이었다. 신우를 따라다녔고, 그러다 소파에 드러누워 버리고는 했다. 자신의 어머니와 차례를 바꿔가며 그 일을 반복해야 했다. 태경은 틈이 날 때마다 핸드폰을 봤다. 하지만 눈이 감겨 그것을 아래로 떨어뜨려 버린다. 포기를 생각했을 때쯤 신우의 눈이 감겼다. 그건 아마도 기적과도 같은 일이었을 것이다.

신우를 재운 태경은 다시 컴퓨터 앞에 앉았고 그 사이트 안으로 들어갔다. 마침내 회원 가입이 되었다는 통보를 받았고 홈페이지를 둘러볼 수 있게 되었다. 그는 이제 그곳 안에서 자유로이 움직일 수 있는 신분이 됐다.

자신들에 관한 소개나 역사, 찾아오는 길 따위는 그곳에 올라와 있지 않았다. 그들이 하는 일이나 비전 같은 것에 대해서도 소개되어 있지 않았다. 사람들의 얼굴이 찍힌 사진과 프로필들이 있을 뿐이었다. 대부분이 여자였고 미얀마, 필리핀, 태국, 베트남, 라오스, 캄보디아 등 국적은 다양했다. 태경의 시선은 어느덧 모니터 안 깊숙이 들어와 있었다. 27세, 30세부터 10대를 갓 넘은 나이에서 40대에 이르는 나이까지. 한국말을 할 줄 아는 사람과 경력자들도 있었다.

잠을 잘 시간이 되었음에도, 하지만 그는 담배 한 대를 태우고 들어와 다시 컴퓨터 앞에 앉았다. 그건 어쩌면 태경의 의지가 아니었는지도 모른다. 스스로 잠을 잘 시간을 줄여가며 그런 일을 하는 것은 어쩌면 그가 선택한 일이 아니었을지도 모른다. 그렇다고 명제가 가진 힘에 의해 그곳으로 이끌려오게 되었다고 볼 수도 없었다. 무의식이 가진 힘에 의해 이루어진 일이었는지도 모른다. '수자', 그 이름 앞에 머무르게 된 순간까지 지나쳐온 그 시간들은 말이다. 누군가가 그것을 이동시키고 있다.

명제의 말이 그를 움직인 것이 아니었다. 그는 선배의 제의, 충고에 흔들렸던 것이 아니다. 그럼에도 자기 등짝보다 큰 가방을 벌써부터 자신의 딸에게 지우는 것을 태경은 원치 않았고. 그건 실오라기 하나를 부여잡듯 절박한 일이었다. 그는 수자의 프로필이 올려져 있는 페이지를 즐겨찾기에 추가했다.

그리고 다음 날이었다.

"들어가 봤어?"

회사를 마친 그들은 여의도의 어느 술집으로 향하고 있었다. 반대쪽 출입문에 기대선 태경을 향해 봉을 잡고 서 있던 명제가 물었다. 지하철 2호선 열차 안이다. 태경은 대답을 머뭇거렸다.

"그런데 그거, 합법이 아니던데요?"

"그래. 그런데 하루 종일 애 봐주고 집안일 해줄 수 있는 사람을 어디서 구해?"

태경이 회사에 가 있는 동안 신우를 돌봐주고 있는 것은 그의 어머니였다. 벌써 몇 개월째였다. 한의원을 들락거리는 일이 점점 늘었고, 이제 그녀는 신우를 돌보는 일이 힘에 부치는 모습을 보이기 시작했다. 어디선가 자갈을 구해왔고, 그것을 냄비에 넣고 데워 천으로 된 주머니 속에 넣은 뒤 묶어 팔 위에 올려놓고는 했다.

"그렇죠."

소파 위에 누워, 왼쪽 손은 이마에 올려놓은 채로 그렇게 눈을 감고 있고는 했다. 태경은 그 모습을 보고 있는 것이 견디기 힘들었다. 하지만 태경의 어머니가 신우를 돌봐주기 힘든 더 중요한 이유들이 있었는지도 모른다. 자신의 아들이 새 여자를 만날 수 있도록 유도하는 것이었을지도 모르며, 손녀가 더 젊은 여자를 상대하며 조금 더 진보적인 생각을 갖추길 바랐던 건지도 모른다. 무엇이 이유가 되었든 중요한 것은 아니었다. 결정적인 이유는, 그건 그녀가 신우의 엄마는 아니었다는 사실이다.

“요즘도 어머니가 신우 봐주고 계셔?”

“네. 저희 어머니도 지금 그럴 사정이 아닌데.”

태경의 눈은 열차 안 한구석에 앉아 있는 사람들을 향해 있었다. 그의 시선은 빨간색 등산복 점퍼를 입고 있는 어느 여자의 앞에서 머무른다. 태경은 그 모습이 출근하는 길인지 퇴근하는 길인지 알 수 없었다.

“한 1년 정도만 생각하고 고용해. 그러고 난 뒤에는 신우 어린이집에 보낼 수 있잖아.”

핸드폰을 꺼내 데이터를 켰다. 태경은 그 사이트 안으로 들어가 그녀의 프로필을 다시 한 번 확인했다. 끝날 때까지 끝나는 일이 아니었다.

페이지를 아래로 내렸으며, 그러다 잠시 뒤 데이터를 껐다. 그리고 태경은 반대편 벽에 붙어 있던 광고물을 봤다. 명제는 그런 태경의 얼굴을 보고 있다 시선을 떼어냈고, 광고물을 보고 있던 태경의 시선은 다시 저 멀리 헤드폰을 낀 남자에게로 옮겨가 있었다. 열차는 한강 밑을 달리고 있었다. 마포역을 떠나 여의나루역으로 향할 즈음이었다.

태경은 다시 고개를 돌렸다. 핸드폰을 보고 있던 명제도 출입문을 향해 몸을 돌린 채로 있었다. 내려야 할 역이 되었다. 습관처럼 그곳을 빠져나와 다시 어디론가로 향하는 그들이었다.

등이 푸른 물고기들

여의도의 어느 생선구이집으로 왔다. 죽은 물고기들을 불에 구워주는 곳이었다. 그들의 앞에는 커다란 잔이 하나씩 놓여 있고, 그 안에는 레몬 한 조각이 들어간 소주가 따라져 있었다. 명제는 두 잔의 술을 시켰다.

"어제 축구 봤냐?"

그는 어제 새벽 축구를 보느라 잠을 설쳤다고 이야기했다. 지하철 안에서 하품을 해대던 명제가 다시 또렷해진 눈으로 이야기했다.

"올드 트래포드 스탠드 확장시킨다는 말 있었던 거 알지? 그런데 남쪽으로 철로가 있어서 거길 못 건드리나 보더라. 아무튼 축구 보면 늦게 자고, 술 마시고 늦게 들어오면 또 늦게 자고."

태경, 그 역시 축구 보는 것을 좋아하는 남자였다. 둘 사이에 걸쳐 있는 공통점이었다.

"창의성이 꺾인다. 늦게 자고 늦게 일어나도 괜찮으면 좋을 텐데. 요즘은 아이디어도 안 떠올라."

명제는 술잔을 입에 갖다 댔다. 그 순간에 그는 어쩌면 담배 한 대를 입에 물고 싶어 했을지도 모른다. 하지만 그건 이제 불가능한 일이 됐다. 같이 나가서 피우고 같이 들어와 앉아야 했다. 이 사회는 모든 흡연자들에게 금연을 요구했다.

"난 내 방에서 담배 피우는 게 꿈이야. 내 공간이 없어지는 느낌이 드는 거지."

내 집에서 담배 연기를 피워 올리면 위층 사람들이 불쾌해 한다. 왜냐면 담배 연기는 아래에서 위로 올라가기 마련이었기 때문이다.

명제의 아내는 가끔씩 밑에서 올라오는 담배 연기에 불쾌함을 감추지 못했다. 아직도 저런 사람이 있냐며 목소리를 높이고는 했다. 언젠가는 글을 썼다. 계단으로 내려가 초인종을 누르고 집 문을 열고 나온 사람에게 당당한 목소리로 말하지도 못할 것이기에 그랬다. 그녀는 안에서 말했다. 자신의 딸은 그런 엄마의 말을 자주 따라 한다고 명제는 이야기했다. 태경은 그 이야기가 재밌었다.

"우리 딸이 뭐라는 줄 아냐? 아빠, 술 마시고 늦게 들어오지 마! 집에서 기다리는 사람 생각도 좀 해야지!"

태경은 소리내 웃었다.

"가끔 좀 무섭다. 내 편은 없는 것 같고."

하지만 다른 신세였다. 싸울 수 있는 아내가 태경에게는 없다는 것이. 그건 어쩌면 차이점이었는지도 모른다.

삼치구이가 나왔다. 껍질은 그을려 있고 칼집이 난 곳은 흰 살을 드러내 보이며 거칠하게 일어나 있다. 그들은 사회 속에 있었다. 딸 하나를 둔 아빠로 살아가는, 그리고 태경은 그것에 어느 정도 실패한 것이 아닌가 하는 생각, 자책을 아스팔트 바닥 위에 내던지고는 했다. 한숨과, 또는 술에 취한 정신에 문 담배로 연기를 뱉어내고는 했다. 오늘도 그 과정 속에 있는 것인지도 몰랐다.

"외국인 가정부도 일할 수 있게 비자 만든다는 소리도 있더라."

하지만 아이들이 진짜 엄마가 아닌 여자에게서 모성애를 느낄 수 있을까. 애초에 남자에게는 기대하기 어려운 것이었는지도 모르겠다. 부성애는 또 다른 것일 테니까 말이다. 젖을 가져야 하는 것일까. 그걸 가진다면 본능적인 사랑이 아이에게로 전달되는 걸까. 남자는 왜 그럴 수 없는 건가.

"한 번 연락해 봐."

삼치구이가 뼈만 남았을 즈음 모둠꼬치가 나왔다. 버섯과 은행, 그리고 꽈리고추와 베이컨, 말린 두부. 그들 정신을 장식하는 장신구와도 같은 것들. 안주는 풍성했다.

그들이 그곳을 나와 향한 곳은 또 다른 술집이었다. 호프집으로 갔다. 부성애는 늘 바깥을 맴도는 공기처럼 그 문 안으로 들어가지 못한 채 떠돌기만 했다. 두 남자는 여전히 집에서 먼 어느 밤거리의 한구석, 테이블에 처박혀 있다. 아직 집으로 돌아가지 않은 사람들. 커다란 망에 걸린. 2차를 온 사람들의 신세는 마치 풀어줬더니 다시 잡혀 들어온 물고기들의 처지와 같다. 시간은 어느덧 11시를 넘어 자정을 향해 가고 있었다.

차들이 지나다니는 도로 저 너머로 한 그루의 나무를 사이에 둔 두 남자가 있다. 그곳에서 나온 그들은 함께 담배를 태웠다. 그 나무 옆에는 가로 등이 있고, 표지판을 세워놓은 기둥과, 그리고 차들을 멈추고 세우는 신호등이 있다.

그들은 비어 있는 택시 몇 대를 보냈다. 노래도 부르고 가자는 걸 태경은 뿌리쳤다. 이 하루가 끝나기를 바라지는 않았지만 그런다고 내일이 다시 시작되지 않는 것은 아니었다. 결국 어제가 될 일이었다. 태경은 길을 건넜고 명제를 먼저 택시에 태워 보냈다. 그리고 자신은 새로운 택시가 오기를 기다렸다. 다시 길을 건너야 했다.

누군가가 불러주는 노래를 들으며 창밖을 본다. 태경은 비어 있는 택시 한 대에 몸을 실었다. 집으로 향했다. 택시기사는 라디오를 틀어놓았다. 태경은 그 라디오에서 흘러나오는 노래를 들었다. 창밖의 사람들을 본다. 마지막 버스에 몸을 실은 사람들. 어떤 이유에서든 고개를 떨어뜨린 사람들뿐이다. 라디오에서 흘러나오는 노래의 멜로디는 빠른 박자 속에서 흘러가는 것이었다. 그럼에도 태경의 귀에는 우울한 소리처럼 들렸다. 마치 비가 내려 창문을 적실 듯한 노래였다. 그는 그 창문에 기대어 잠이 들고 만다.

태경이 집에 도착했을 때는 신우도 이미 잠이 들어 있었다. 소파에 누워 잠을 자고 있던 어머니는 자신의 아들이 문을 열고 들어오는 소리에 번쩍 눈을 뜨게 됐다. 도어락이 해제되는 소리가 들렸다.

"왜 이렇게 늦냐?"

"회사 사람들이랑 회식이 있어서…"

태경은 소주를 마신 뒤에 맥주를 마시면 두통을 느끼고는 했다. 누군가는 그것이 담배를 피우는 것 때문이라고 이야기하기도 했지만 끊을 수 없었다. 술에 취한 사람에게서 나는 담배 냄새. 아파트 놀이터에서 또 한 대를 태우고 들어온 태경이었다.

그리고 어머니는 아들의 옷을 빼앗는다.

"얼른 그 셔츠 벗어 내놔라."

그 냄새에 화가 나 하는 이야기는 태경에 대한 것이 아니라 그를 두고, 돌잔치도 하지 않은 아이를 남겨두고 떠난 그 여자에 대한 것이었는지도 모른다. 어머니는 뒷머리가 눌린 채로 일어나 짜증 섞인 표정을 지어 보였다. 그러고는 셔츠를 받아 베란다로 가지고 나갔다.

"내일 출근하려거든 일찍 자거라."

이제 집으로 들어왔는데 벌써 자라고 이야기한다. 빨갛고 넓적한 통에 물을 받아놓고 흰 세제를 풀며 어머니는 그렇게 이야기했다. 태경은 대답 대신 자신의 방으로 가 신우가 잠들어 있는 침대 옆에 기대어 섰다.

"신우야."

태경은 신우의 볼에 자신의 손가락 등을 갖다 댔다. 세 살 아이의 잠은 그리 예민하지 않아 다행이다. 그 아이도 십 대가 되고 이십 대가 되면 술 냄새에 담배 냄새까지 풍기는 그 남자를 멀리할 것이다. 저리 가라고 말할 것이다. 그럼에도 사랑은 의심하지 말라.

사람은 의심하지 않기를. 태경은 가끔 그녀를 원망하려 했지만, 그러다 이내 스스로를 멈춰 세우며 그 감정을 밀어 넣고는 했다. 그 자신도 스스로를 감당하지 못할 때에는 욕실에 들어가 울고는 했다. 태경의 어머니는 바깥에서 물이 떨어지는 소리를 들었을 것이다. 태경은 또 그렇게 샤워기를 틀어놓고 울었다. 술을 마신 뒤의 그런 습관이 되풀이되기 시작한 건 서른여섯이 되던 해부터였다. 그로부터 몇 달이 지난 후 신우는 세 살이 되었다.

자신의 방으로 들어온 태경은 불이 꺼진 방 안에서 핸드폰을 켰다. 다시 그 사이트에 들어가 봤고, 뉴스 기사도 읽어보지만 모두 잠들었는지 새로운 기사는 더 이상 올라오지 않았다. 그러다 눈이 감겼고, 핸드폰은 손에서 떨어지며 그의 옆으로 누웠다. 아침에 일어나 눈을 뜨자마자 그는 결심했다.

핸드폰을 켜 시간을 확인했다. 그리고 그는 가정부를 고용해야겠다고 마음먹었다. 출근길 아파트 놀이터에서 전화기를 들었다. 곧바로 그곳에 전화를 걸었다.

"저, 가정부를 좀 구하고 싶어서 전화드렸는데요."

태경은 그곳에서 한참 동안 통화를 했다. 통화를 하는 와중에도 그의 시선은 노란색 봉고차에 올라타는 아이들에게로 향해 있었고, 곧 다시 집으로 들어가는 여자들에게로 옮겨져 있었다. 그 중 누군가와 눈이 마주쳤을 때는 눈을 다시 아래로 떨어뜨렸다. 초록색의 우레탄 고무 매트 위에 올려진 자신의 두 발이 보였다.

"네. 제 이름은…"

전화를 받은 남자는 그 남자의 이름과 집 주소, 그리고 전화번호를 기록했고, 자신들의 사무실이 대치동에 있다며 한 번 방문해달라고 했다. 태경은 그날 오후 그곳을 찾아 에이전트를 만났다.

태경은 태용에게 말해 회사를 몇 시간 일찍 나왔다.

"무슨 일 있어?"

"아뇨. 뭐 좀 알아볼 게 있어서요."

둘은 함께 점심을 먹은 뒤 회사 건물 옥상에서 커피를 마셨다. 그리고 함께 담배를 태웠다.

"빨리 처리하고 끝내려고요."

태용은 궁금했다. 하지만 더 이상 물어보려 하지 않았다. 태경의 성격이 자신의 내면 속에 있는 그것과 비슷하다는 것을 짐작했기에, 알려고 하면 더 복잡해질 거라 생각했던 건지도 모른다. 하지만 내면의 체계란 표면으로 드러나 있기 마련이었다.

"그래, 미루고 있는 것보다는 낫지."

그러곤 먼저 자리를 떴다. 태경의 등을 두드린 뒤, 그리고 그는 옥상을 내려갔다.

그가 떠난 뒤 태경은 남은 담배를 마저 태우며 반대편 건물의 옥상을 보고 있었다. 그리고 다시 사무실로 돌아와 가방을 챙겼다.

"저, 가정부 때문에 오늘 방문하기로 한…"

태경은 지하철을 타고 대치동으로 향했고, 그곳 사무실에서 아침에 통화했던 남자를 만났다. 회사에서 퇴근한 뒤에 그곳을 찾아갔다. 사무실은 어느 할인마트 건물 3층에 있는 곳이었다. 전해 받은 주소지 앞에 도착했다. 태경의 눈은 그 세라믹 사이딩으로 된 벽을 봤다. 오래된 건물을 새로 리모델

링한 곳처럼 보였다. 그저 페인트만 새롭게 칠해놓은 계단을 올라 사무실 문을 두드렸고, 그러자 남자 직원이 나와 문을 열어주었다.

창가 자리의 큰 책상에 여자 한 명이 앉아 있었다. 그녀는 컴퓨터 화면을 보며 누군가와 이야기하고 있었다. 머리에는 무언가를 쓰고 있었고, 그녀는 눈가 주름을 만들며 태경을 향해 인사했다. 그리고 한쪽 손을 공손하게 뒤집어 소파가 있는 쪽을 향해 눈길을 줬다.

"회의 끝나시면 바로 상담 들어가실 겁니다."

태경은 소파에 앉아 화상 회의가 끝나기를 기다렸다. 남자 직원은 차가운 녹차 한 잔을 가져와 태경의 앞에 내놓았다. 그의 책상은 벽에 붙어 있었고, 벽 쪽을 향해 앉는 구조였다. 문 쪽 벽에는 몇 장의 사진이 걸려 있었는데 금빛으로 장식된 사원의 모습이 보였고, 또 앙코르와트의 사진이 걸려 있었다. 야자나무들이 늘어선 해변의 풍경이 사진으로 찍힌 그림도 있었다. 그곳이 보라카이였을까.

회의를 끝낸 여자는 자신의 책상 위에 놓여 있던 종이 몇 장을 가지고 와 태경의 앞에 앉았다. 유리로 덮인 탁자 위에 그것들을 내려놓았고 곧은 자세로 앉았다. 그 여자는 마치 백인 같은 모습을 하고 있었다. 피부 색깔과 옷차림, 얼굴 근육이 움직이는 모습이 왜인지 모르게 이국적으로 느껴졌다. 그리고 이야기하는 방식은 마치 중국의 문화에 강한 영향을 받은 사람 같기도 했다.

"기다리게 해서 송구스럽습니다. 하태경 씨죠?"

그녀는 태경에게 질문들을 건넸다. 아이의 나이와, 머물고 있는 집과 다니는 직장, 그리고 재정에 관한 이야기. 모두 태경의 상황을 알기 위한 것이었다. 자신들은 동남아 각국에 사무실 하나씩을 두고 있고 그곳에서 인력을 소개받아 연결해 주는 일을 하고 있다며 그들이 하는 일에 대한 설명도 곁들였다.

"프로필들을 좀 보셨다고."

태경은 그 이름을 떠올렸다.

"수자…"

에이전트는 순간 멈칫했다.

"아! 그 친구는 한국 문화에 어느 정도 적응이 돼 있는 친구예요. 한국에서 몇 번 일한 경험도 있고. 기간은 어느 정도를 생각하시는지…"

"1년 정도…"

그러자 그녀는 환하게 웃으며 이야기했다.

"잘됐네요. 그 친구 비자가 딱 1년 남았거든요."

태경은 안도했다.

"사실 이 일을 국내 법이 허락하고 있지는 않지만. 혹시 축구 좋아하시나요?"

그 말에 태경의 눈은 또렷해졌다. 그 여자는 대뜸 그런 이야기를 했다. 이번 주말에도 꼭 챙겨봐야 할 경기가 있었고, 태경은 각 나라의 축구 리그 순위표를 살펴보는 일을 자신의 일과 중 하나로 여기는 사람이었다. 그는 축구라는 스포츠에 깊숙이 빠져 있는 사람이었다.

"예를 들어서 잉글랜드 프리미어리그를 한 번 생각해보면, 재정적으로 여유가 있는 빅클럽들이 있지 않습니까? 그런 구단들은 선수 영입을 하기 위해서 거액을 지출하죠. 혹자는 선

수 영입에 과도한 지출을 한다 비판하기도 하지만, 사실 그들이 그렇게 투자를 함으로써 소규모의 구단들이 재정적인 여유를 가지게 되고 그럼으로써 리그가 발전하게 되는 것이죠."

마치 준비되어 있는 멘트처럼, 그 여자는 침 한 번 삼키지 않고 또렷한 발음으로 이야기했다. 태경 역시 프리미어리그를 즐겨 보는 사람 중에 한 명이었다. 그 잉글랜드인들의 스포츠를 자신의 방 안에서 관람하는 사람 중에 하나였다. 그에게는 가장 중요한 리그이기도 했다.

"법적인 제재를 받을 수도 있는 일이지만, 저희 고객님들은 동남아시아의 소국들을 더욱 성장시켜주는 일을 하고 있다고 봅니다. 정말 업무차 만나서 말씀 나눠보면 좋은 마인드를 가진 분들이 많으십니다."

이런 계기를 통해 좋은 일을 할 수도 있게 되었으니. 어쩌면 다행인지도 몰랐다.

계단을 내려오는 태경의 발걸음은 조금 더 가벼웠다. 상담을 마치고 나온 태경의 몸은 홀가분했다. 하지만 기본적인 무거움이 그 속에 있다는 것은 무시할 수 없는 일이다. 인간의 감정은 기분에 따라 변하는 것일지도 모르니까 말이다. 또는 환경에 따라 달라지는 것일 수도 있다. 어찌됐든 중력에 맡겨지게 될 이론이다.

다음 날 그곳에서 다시 연락이 왔고, 정식 계약을 하면 일주일 뒤 곧바로 만나볼 수 있을 것이라며 다시 사무실을 방문해달라고 했다. 기본적으로 갖추어야 할 서류들이 있었고 서둘러 준비를 해달라고 부탁했다.

"이르면 서류를 받는 즉시 곧바로 준비시킬 수 있을 것 같습니다."

그로 인해 더해지는 날들은 계약과 관련 없이 무상으로 얹어줄 것이라고도 말했다. 일종의 서비스 개념이었다. 한편으로 그녀는 수자를 불러 새로운 주의사항들을 인지시켰다. 수자는 사무실 소파에 앉아 한 시간이 넘는 시간 동안 에이전트의 이야기를 들어야 했다. 확실한 건 감정은 안에 있다는 것이다. 성격이라는 체계에 둘러싸여 있는 것이었다.

태경의 결심은 이미 굳어진 상태였고, 마침내 그녀를 자신의 집으로 들이기로 결정했다. 그리고 에이전트는 그녀를 준비시켰다. 태경은 수자를 고용하기로 했다. 그녀와의 계약 기간은 1년이었다.

엄마 없는 아이가 가지게 될 감수성을 걱정하던 태경은 한 번씩 깊은 근심에 잠기고는 했다. 신우는 지난 몇 년의 시간 동안 모성애를 제대로 느끼며 자라지 못했다. 신우가 젖을 떼기도 전에 그녀는 떠나가 버렸고 그 아이에게 남은 것은 이제 반쪽짜리 부모뿐이었다. 그 깊은 근심의 세계가 신우가 안겨 있어야 할 품인가.

계약서에 사인을 하고 난 뒤에도 태경에게는 남은 고민이 있었다. 날려 쓴 글자 하나로도 떨쳐 버릴 수 없는 걱정들이 있었다. 질문들이다. 던져질 물음과 자신의 입 주위로 몰려들 의심이었다. 답은 없다. 하지만 자신할 수 없는 일이었다. 그럴수록 물음표만 반복될 뿐이다. 다른 나라에서 온 여자의 가슴에 그 아이를 맡기는 일, 그게 과연 현명한 선택이 될 수 있을지를 생각해보는 태경이었다.

"다음 주에, 가정부가 우리 집으로 오기로 했어요."

다음 날 그는 자신의 어머니와, 그리고 동료 명제에게 그 사실을 알렸다. 더 이상은 미뤄둘 수 없다고 생각했다. 미뤄두는 것보다는 낫다. 누군가의 한마디는 시간을 두고 영향을 끼치고는 했다.

"가정부?"

그 말을 들은 두 사람의 반응은 미묘하게 달랐다. 명제는 안심했고, 하지만 태경의 어머니는 미심쩍어하는 듯한 표정으로 되물었다.

"어떤 사람이니?"

어느 나라 사람이냐가 더 중요한 것이었을지도 모른다. 태경은 망설였다. 입을 뗄 것처럼 하다 금방 닫아 버렸으며, 그녀의 눈을 제대로 마주치지도 못했고, 태경은 자신의 어머니에게 그 가정부가 동남아에서 온 여자라는 사실을 알려야만 했다. 나이는 젊고, 한국 문화에도 적응된 여자라고 이야기하면 괜찮을지도 모른다.

"우리나라 사람이지?"

하지만 나이는 젊고, 한국 문화에도 적응된 여자라고 이야기했다.

"그래, 잘했어."

명제는 태경의 등을 두드렸다. 한쪽 손을 그의 어깨에 올리며 어깨를 주무르기까지 했다. 하지만 어머니는 걱정스런 마음을 감추지 못했다.

"걔들은 한국말 할 줄 아냐? 하루 종일 신우 보고 있으면, 애가 그 여자 하는 행동 따라 할 텐데. 너 그거 어떻게 감당하려고 그러니?"

태경은 걱정하지 말라고 했다. 그리고 지켜봐 달라고 이야기했다. 1년 뒤에는 어린이집에 보낼 것이고, 어린 나이에 영어를 듣고 자라면 신우에게도 좋은 일일 것이라며 그녀를 설득했다. 어머니는 다시 화장실로 가 하던 청소를 마저 했다. 거칠게 솔질을 하며, 그러다 갑자기 그곳에 있던 무언가가 떨어져 부서지는 듯한 소리가 났다. 그 소리에 태경은 한숨을 내쉬었다.

신우를 봤다. 그 아이는 화장실 앞에 기대서 그런 할머니의 모습을 지켜보고 있었다.

태경은 하루빨리 수자가 자신의 집으로 들어오기만을 바랐다. 그 소리들을 견디기가 힘들었다. 그건 마치 공장에서 들려오는 파열음과 쇳소리들 같았다. 무엇을 만들어내기 위한 작업들인가.

일주일이 채 지나지 않은 어느 날. 마침내 에이전트는 수자를 데리고 와 태경의 집 문을 두드렸다.

'딩동'

문을 두드리는 소리 대신 태경의 귀로 들려오는 것은 초인종 소리였다. 그에게도 두 가지의 성격이 있다면, 그건 평소 누군가가 자신을 불러내려 하는 초인종 소리를 듣기 싫어했다는 것이다. 양면성과 관련된 것이었다. 태경은 인터폰 화면을 확인했고 얼른 현관으로 가 문을 열었다. 문을 열었을 때 그곳에는 수자가 서 있었고, 에이전트의 어깨 뒤편으로 사진에서 보았던 그 여자의 얼굴을 마주하게 됐다. 맑은 눈을 가진 여자였다. 미소를 지었지만, 하지만 어딘지 긴장해 있는 듯한 모습이기도 했다. 가녀린 몸이었지만 어딘가 기운이 넘쳐 보이기도 했다.

"안녕하세요."

수자는 인사했다. 태경은 그 인사에 반응할 여유도 없이 그들을 안으로 들어오게 하는 일이 먼저였다. 반가움이었는지도 모른다.

자연스럽지 못한 억양의 한국말이었지만 그 목소리를 듣는 태경은 반가움을 느꼈을지도 모르겠다. 그건 이 가정에, 가장에게 살아 있음을 느끼게 할 만한 목소리 톤임에 분명했다. 신우는 거실 끄트머리에서 현관 쪽을 쳐다보고 있었다. 그 아이는 수자를 처음 보는 순간부터 그녀의 얼굴에서 시선을 떼지 못했다. 에이전트가 집으로 들어오자마자 가장 먼저 확인한 것도 그 아이의 얼굴 표정이었다. 그 여자는 태경과 상담을 할 때 'welcoming'이라는 단어를 사용하며 피고용인의 심리에 대한 이야기를 하기도 했다. 그건 어려운 단어다. 누가 고용인인지 피고용인지, 그러한 상황에서는 구분짓기 매우 힘들어지는 것이기도 했다.

"아이가 정말 예쁘네요!"

신우는 수자의 주위를 계속해서 맴돌았다. 에이전트의 인사에도 그 예쁜 아이의 눈은 오로지 그녀만을 향해 있었다.

텔레비전 앞에 놓여 있던 곰인형을 가슴에 품은 채로 그녀에게 슬쩍 보여주기도 했으며, 배가 고프지도 않으면서 우유병을 가지고 와 입에 무는 시늉을 하기도 했다. 그리고 어디론가 사라지며 눈길을 보내기도 했다.

"수자와 관련된 문제들이 있으면 꼭 전화해주십시오."

에이전트는 태경이 내준 커피 한 잔을 마시며 잠시 동안 이야기를 나눴다. 하지만 태경의 귀에는 그녀의 이야기가 제대로 들릴 리 없었다. 그 사이 수자는 신우에게로 다가갔다. 쪼그려 앉아 인사했고, 그리고 그 아이의 얼굴을 보았다. 눈을 마주쳤다. 그 속에 든 세계를 보았다.

에이전트가 떠난 후 태경은 수자가 가지고 온 캐리어 가방을 큰 방으로 옮겼다. 자신의 잠자리를 컴퓨터가 있는 방으로 옮기면서까지 태경은 수자에게 큰 방을 내줬다. 그게 더 나은 일일 거라고 생각했다. 그 넓은 방은 사실상 그에게는 별 쓸모가 없기도 했고, 컴퓨터와 그 많은 소유물들을 옮기는 일도 벅찬 일일 거라 짐작했다. 더 개인적인 곳은 두 번째 방이었다.

큰 방으로 옮겨진 그녀의 커다란 가방. 신우는 방문 앞에 서서 그 모습을 가만히 지켜봤다. 태경이 옮겨 놓은 가방과 침대와 이불을 보여주는 아빠의 모습을 빤히 쳐다보고 있었다. 수자는 그 모습에 미소지었다. 태경은 고개를 뒤로 돌려 신우의 모습을 봤다. 그리고 웃었다. 그 아이의 궁금증은 이미 호기심을 넘어 있었다.

이게 당신 방이라며, 태경은 그녀에게 뭔가 낭만적이라고 느낄 만한 말을 건넸다. 그리고 짐을 정리하라며 조용히 방문을 닫아줬다. 수자가 그의 집 안으로 들어왔다.

누구도 알지 말았어야 했다

태경은 거울 속에 비친 자신의 모습을 보며 안도했다. 옷장에서 새로운 셔츠를 꺼내 입은 그 모습이, 하늘빛이 도는 셔츠를 입은 그 남자의 모습에서 어딘지 여유로움이 느껴졌다.

신우는 벌써 일어나 있다. 수자의 주위를 맴돌며 아침부터 바삐 움직이고 있었다. 첫날 아침이었다. 태경은 토스트기를 이용해 빵을 구웠고 스스로 아침 식사를 준비했다. 냉장고에 넣어 두었던 치즈 두 조각도 꺼냈다. 그리고 오렌지 주스를 세 컵에 나눠 따랐다. 빵과 치즈. 그것도 이제 끝이었을지 몰랐다.

수자는 달걀이라도 굽겠다며 나섰지만 태경은 그녀를 자리에 앉혔다. 앞으로 해야 할 일들이 많기도 했으니까 말이다.

"한국 온 지 얼마나 됐어?"

이제 1년이 되었다. 물론 그녀는 태경의 질문에 반말로 대답하지 않았다. 언어가 가진 한계일지도 모르겠다. 태경의 질문에는 그녀에 대한 존중이 있었다. 한편에서는 그것이 수직적인 구조로 읽힐 수밖에 없겠지만 말이다.

"신우 밥만 잘 챙겨줘."

물론 그는 앞으로 수자가 만들어주는 음식들에 어느 정도 의지하게 될 테지만, 간절한 바람이기도 했다. 신우는 빵에 치즈를 발라줘도 잘 먹는다. 대견한 아이였다.

출근을 하는 아빠를 보내면서도 아쉬워하지 않는다. 섭섭함마저 느끼곤 했던 그 눈망울에서 이제 미련 없음이 읽힌다. 입가에는 미소까지 머금은 상태였다.

신우는 손을 흔들며 인사했다. 마치 그럴 생각이 없는 듯 있다 달려가 안겨 뽀뽀까지 했다. 아빠가 떠났다. 하지만 문이 닫히는 소리가 나기도 전에 미련 없이 등을 돌려 버렸다. 수자의 일과가 시작되었다.

태경의 집에서 맞는 첫 번째 하루였다. 냉장고 문을 열었고, 곧 빨래통을 확인했다. 음식 재료는 꾸준하게 채워질 것이라 말했고, 빨래는 빨래통 안으로 곧바로 집어넣을 것이라고 이야기했다. 그리고 수자는 청소기가 있는 쪽으로 가 그것을 살펴본다. 태경은 청소기에 대해서는 이야기해주지 않았다. 그는 잊었다.

청소기를 이리저리 살펴보는 수자였다. 자신이 사용해본 두 대의 청소기와는 또 달랐다. 센서를 통해 집안 구조물들을 스스로 인식하고 분석해 작동하는 기계는 아니었고, 손잡이만 남은 것같이 어딘가 허전해 보이는 그것의 모습도 아니었다. 조금 더 오래된 모델의 기계처럼 보였다. 하지만 정상적으로 작동한다. 신우는 청소기 소리를 무척이나 듣기 싫어했지만, 하지만 그날은 자신이 청소기를 붙잡고 방바닥을 미는 시늉을 하기도 했다. 할머니의 모습을 흉내낸 것이었다. 그 모습을 보던 수자는 저절로 입꼬리가 올라갔고, 허리를 숙여 신우의 볼을 쓰다듬었다. 그날 신우는 낮잠도 자지 않았다. 중남미의 사람들이 즐긴다는 시에스타, 그 짧은 정오의 잠도 그 아이에게는 낭만적이지 않았으리라.

'hora sexta', 시에스타라는 단어는 라틴어에서부터 비롯된 것이었다. 언젠가 Nathan이 식탁 위에서 해준 이야기였다. 그는 가족들 앞에서 유럽의 역사에 대해 이야기하는 것을 즐겼다. 그때 그는 그 풍습이 포르투갈 남부 지방에서부터 시작된 것이라는 설도 덧붙였다.

수자의 뒤를 온종일 쫓아다니는 신우. 냉장고에는 태경이 전날 마트에서 사다 놓은 고기와 야채들이 있었고, 수자는 요리를 시작했다. 그것들을 꺼내 올려놓고 잠시 고민을 하다 곧 망설임 없이 손질했다. 팬을 꺼내 불 위에 올렸고, 기름을 둘러 잘게 썰어 놓은 고기와 야채들을 익혔다. 그리고 한쪽 냄비에는 물을 끓였다. 그러는 와중에도 신우는 수자의 근처를 맴돌고 있었다.

엉거주춤한 자세로 서 있는 신우였다. 하지만 무언가 확인할 것이 있어 보였다. 해결해야 될 것이 있어 보인다. 비워냄은 무언가를 얻었음을 뜻한다. 씻어냄은 수자에게 더 극한 노동을 암시하는 것이었을지도 모른다. 하지만 그럴수록 그녀가 얻게 될 재정적인 안정성은 더 높아진다.

그녀는 강했다. 그리고 기술적으로 능숙했다.

'사람을 상대하려 하지 말고 공을 컨트롤하라.'

태경은 TV를 틀어 축구를 보고 있다. 그는 수자에게 물었다. 물론 그 질문은 조심스러운 것이었다. 축구를 좋아하냐고 물었다. 그렇지는 않았다. 하지만 수자에게는 달콤한 시간이었다. 맥주 한 캔을 건넸으며, 태경이 밖에서 사온 음식들을 먹으며 TV 앞에 앉았다. 빠른 속도로 공이 오고 갔다. 뼈가 부서지는 것을 걱정하지도 않고 그 네모난 울타리 안을 뛰어다니는 선수들. 그리고 맨체스터 유나이티드가 첫 번째 골을 터뜨렸다.

마커스 래쉬포드의 골이었다. 그 문장은 언젠가 태경이 그의 발전된 플레이를 보면서 자신의 핸드폰 메모장에 끄적인 글이었다.

태경은 한쪽 주먹을 불끈 쥐었다. 그리고 신우를 향해 TV 모니터를 가리켰다. 하지만 신우는 TV 속 붉은 옷을 입은 사람들에게 관심을 두지 않았다. 그 뛰어난 공격수의 움직임에도 눈길을 주지 않는다. 초롱초롱해진 그 아이의 눈은, 그러니까 태경은 뭔가 자신에게서 조금은 시선이 떼어진 듯한 딸의 모습을 느낀 것이었다.

"수자 아줌마가 좋아?"

태경은 신우를 무릎 위에 앉히며 진지하게 물었다. 볼을 맞대며 속삭이듯 말했다. 그러나 그때까지도 신우는 대답을 할 줄 모르는 아이였다. 그저 사랑스러운 미소를 지어 보일 뿐이었다.

"이제 아빠는 싫어?"

그 아이는 그때 태경의 질문을 알아들을 수 있을 만한 나이가 아니었다. 반복되는 질문에 자신의 무릎 위를 떠날 뿐이었다. 신우는 지금 이 순간이 좋은 것인지도 몰랐다.

컴퓨터 앞에 앉아 있어도 태경은 더 이상 옆에서 누군가가 자신을 보는 듯한 강박적인 기분을 느끼지 않게 되었다. 핸드폰을 들어 수시로 시간을 확인하는 일도 하지 않았다. 습관적으로 포털사이트의 실시간 검색 순위를 확인하는 일도 더는 하지 않았다. 그건 분명 어딘가에 사로잡혀 있었던 것이다. 물이 한 잔 있었고, 하지만 지금은 그것을 한 모금씩 나눠 마실 뿐이었다. 약을 먹을 시간이라는 것은 없다. 그건 존재하지 않는 것이며, 그럴 시간이라는 건 정해져 있지 않다.

수자는 태경의 방으로 과일을 가져다주기도 했고, 늦은 밤까지 컴퓨터 앞에서 작업을 하느라 밤을 새우는 날에는 그가 신우에게 신경을 쓸 겨를이 없었지만, 그럴 때마다 그녀는 아무런 티도 내지 않고 신우를 어르고 달래며 돌봐주기만 했다. 그러고 난 다음 날의 아침, 잠에서 깬 그에게 수자가 만들어 내놓은 것은 카레였다. 태경의 속을 따뜻하게 데워주는 한 그릇의 식사였다. 카레 위로 비친 노란 햇살이 떠나지 않을 것만 같았다. 태경은 그 모습을 사진으로 찍었다. 찰칵. 하지만 곧 먹구름이 드리우고 비가 내릴 거라는 상상은 하지 못했다.

그 맛은 어딘가 이국적이었다. 하지만 카레는 원래 인도의 음식이기도 하다. 그 향신료의 냄새는 사라지지 않고 배어 있는 것이었다. 기원적인 물음에 대한 해답, 그것을 찾는 일인지도 모르겠다. 그래서 태경은 떠올리지 못했다. 그 노란색의 카레가 우울한 빛깔의 음식이 되리라고는, 그때 그는 생각하지 못했다.

파마머리를 한 여자를 마주했다. 첫 만남이었다. 수자는 그날 태경의 어머니를 보게 되었다. 그로부터 며칠 뒤였다.

"안녕하세요."

수자는 인사했다. 그런 그녀를 보며 어머니는 미소지었다. 그러나 수자의 몸은 왜인지 움츠러들었다. 꽃무늬 블라우스, 그리고 발목까지 오는 펑퍼짐한 바지. 팔에 걸려 있는 적당히 고급스러워 보이는 가방. 그녀의 첫인상은 그랬다. 그녀는 수자에게서 시선을 떼지 않은 채 소파 위에 가방을 올려놓았다.

"반가워요."

그리고 소파에 앉았다.

그곳 아래에서 벌레 한 마리가 튀어나왔다. 그 벌레는 거실을 가로질러 TV가 놓인 가구 아래로 기어 들어갔다. 수자는 부엌 싱크대에서 어머니가 사가지고 온 과일을 씻고 있다. 수자의 눈에는 과일이 보였고, 귀에는 수도꼭지에서 흘러나오는 물소리가 들렸지만 온전히 집중하지 못했다. 태경의 어머니는 TV를 보면서도 그녀의 행동에서 시선을 떼지 않았다. 그녀를 관찰했다. 곁눈질도 아니었고, 그건 주시에 가까웠다. 벌레는 그 밑으로 사라지고 없다. 하지만 신우는 그곳에서 눈을 떼지 못한 채 혼자서 웅얼웅얼댔다.

"신우야, 왜 그래?"

태경은 물었다. 신우는 TV 아래 가구 틈을 가리키고 있었다.

"응?"

어리둥절하여 갈피를 잡지 못하는 얼굴. 그 표정이 사랑스러울 뿐이었다. 태경에게는. 하지만 신우는 무언가 충격적인 것을 본 듯 눈이 동그래져 있었다. 수자는 씻은 과일을 접시 위에 올렸다. 태경은 신우를 한쪽 팔로 안으며 볼에 입을 맞췄다. 그리고 주방으로 가 접시 위의 과일을 거실로 가지고 나왔다.

수자는 주방을 정리한 뒤 곧 소파로 와 앉았다. 태경은 거실 바닥에 앉은 채로 신우를 자신의 양반다리 위에 앉혔다.

두 송이의 포도가 접시 위에, 포도가 놓인 접시가 상에, 그 상은 거실 한가운데에 펼쳐져 있었다.

"우리 신우, 잘 돌봐줄 수 있죠?"

어머니는 수자를 보며 이야기했다. 태경은 웃었다. 그 말을 대신 옮겨주기는 힘들었다.

수자는 태경이 웃는 모습을 봤지만, 하지만 미소지을 뿐이었다.

"엄마, 이름은 수자야."

"수자?"

태경은 그녀의 이름을 알려주었다.

"꼭 우리나라 사람 이름 같네."

그녀의 이름을 전해 들은 어머니는 잠깐 그런 이야기를 하다 다시 그녀의 얼굴을 물끄러미 바라봤다. 여전히 미소를 띤 채였다. 그러나 무언가를 캐기라도 할 것처럼 집중적이었다. TV에서는 구치소에 수감된 전직 대통령에 대한 뉴스가 흘러나오고 있었지만 그것에도 신경을 쓰지 않았다.

"우리 애가 참 어렵게 살아. 온종일 컴퓨터 앞에 앉아 있어야 하지, 이제 회사 출근하면 더 바빠지잖아. 밥 같은 것도 자기가 못해 먹지."

"엄마, 과일 드세요."

그런 이야기들이 이어졌다. 하지만 그것으로 끝난 것은 아니었다. 신우는 뉴스가 흘러나오는 TV 화면을 물끄러미 바라보고 있었다.

"엄마!"

"우리 신우, 저 아이가 얼마나 가여워. 집안일 잘 해주고, 열심히 하고."

고개를 돌려 할머니의 얼굴을 쳐다보는 신우였다. 그녀는 두 주먹을 불끈 쥔 채로 호소하듯 말했다. 머리가 흔들릴 정도로 격한 몸짓으로 말했다. 그녀는 아마도 수자의 타국 생활을 걱정해줄 만한 처지는 아니었던 것 같다. 자신의 아들을 지키는 일이 더 중요했을까. 역할은 모두 정해져 있는 것일까. 신우를 키워야 하는 아들과, 그리고 그 아들을 지원해줘야 하는 수자.

"결혼은 했어?"

뜬금없는 질문 같았다. 하지만 태경도 그것에 대해서는 알지 못했다. 그는 무심결에 자신의 어머니가 만들어 내놓은 그 문장을 수자 앞으로 옮겨 놓았다.

그녀는 아니라고 대답했다.

"안 했대요."

수자는 고개를 가로저었다. 그리고는 신우를 봤다.

태경의 어머니는 자신의 아들이 곤란해할 만한 질문들을 끊이지 않고 던져댔다. 급기야 태경은 무릎 위에 앉혔던 신우를 내리고 자리에서 일어나 버렸다. 방으로 가 차 열쇠를 들고 나왔다. 그는 집 안에서 곤란한 상황이 생길 때면 지하 주차장으로 가고는 했다. 그 사이에 더 이상은 있기 힘들다 생각했다. 태경은 그곳으로 갔다. 그는 주차장 차 안에서 라디오를 틀어 놓거나 음악을 듣거나 했다. B 13. B구역 13번 라인에 있는 것을 좋아했다. 그곳이 편안하다 느꼈던 건지도 모르겠다. 태경은 노래를 틀었고, 두 겹의 유리로 막혀 있는 공간 안에서 그 음악 소리는 밖으로 새어나가지 못했다. 태경은 그 소리들에 둘러싸여 있고는 했다. 바깥에서는 주차장을 오고 가는 자동차 바퀴 소리들이 이따금씩 들릴 뿐이었다. 그러다 눈이 감겨 잠이 들고는 했다.

어머니는 수자에게 김치찌개 끓이는 법을 가르쳐줬고, 수자가 그것을 어느 정도 알고 있다는 것에 놀라기도 했지만, 하지만 자신의 아들이 좋아하는 요리라는 것을 강조하며 가르침을 멈추지 않았다. 김치 국물을 많이 넣어야 하고, 김치를 부족하지 않게 넣어야 했다. 손짓을 했고, 소리를 내기도 한다. '보글보글', '푹', 그리고 '시원하게'. 물론 그건 소리가 아니었지만 말이다.

끝도 없을 배움이라고 생각하면 편할 테다. 냄비에 물을 넣은 시점부터 끓어올라 모든 것이 우러나올 때까지, 모두 거쳐야만 하는 과정이었다. 물론 지난 두 집에서의 상황과는 조금 달랐다. 하지만 수자는 그것을 받아들여야만 했는지도 모른다.

한 달이라는 시간이 지났고, 수자는 차츰 그 집 생활에 적응했고 태경을 도왔다. 일주일에 한 번은 꼭 김치찌개를 끓였고, 태경의 어머니가 힘주어 말한 것들을 섬세하게 표현하려 노력했다. 앞으로 가는 일, 그것에는 노동이 뒤따랐다.

수자가 온 뒤 태경의 걸음걸이는 더욱 안정적으로 되었다. 마치 운전대를 새로 바꾼 자동차와 같았다. 이유 없이 비틀거리기도 했던 자신의 모습에 불안함을 느끼기도 한 그였다. 그건 토크 스티어라 불리는 것이었다. 마치 타이어를 새로 갈아 끼운 자동차처럼 가벼웠다. 더 이상은 발생하지 않았다. 운전대에서 손을 떼도 한쪽 방향으로 치우치는 일이 말이다. 전체적인 시스템의 문제는 아니었는지. 덕분에 더욱 강한 성능을 발휘하게 된 건 신우의 두 다리였다. 지칠 줄 모르고 멈출 줄 몰랐다. 그런 그 아이를 쫓아갈만한 체력이, 하지만 수자에게는 있었다.

신우는 밖으로 나가고 싶어 했다. 더 이상은 참지 못할 듯했다. 그 아이는 더 이상 이 좁은 세계에만 있을 수 없다 생각했던 건지도 모른다. 문 앞으로 다가가 섰고, 그곳에 쪼그려 앉아 있기도 했다.

곧 문이 열렸고 그들은 놀이터로 나왔다. 아파트 여자들이 그녀에 대한 궁금증을 가지게 된 것 역시 자연스러운 일이었다. 먼저 나온 아이들이 놀이터를 뛰어다니고 있었고 그들을 지켜보고 서 있는 엄마들이 있었다. 그들은 한 아이를 봤다. 그리고 그 아이의 뒤에 선 또 다른 한 명의 사람을 봤다. 신우의 등장. 그리고 그 뒤를 지켜주고 있는 낯선 얼굴을 한 여자의 모습.

엄마들 사이에서는 이제 수자의 존재에 대한 분석이 이루어지기 시작했다. 물론 그건 서류화된 일이 아니었지만 말이다. 마우스 워크였는지도 모른다.

어느 날은 그 여자들이 한 이야기가 태경의 귀에까지 전달되었는데, 아파트 경비 아저씨에게서 듣게 된 이야기였다.

"부인께서 택배를 가져가셨습니다."

회사를 마치고 집으로 온 그는 경비실에 들렀다. 회사에서 전화를 받았고, 그건 집에 사람이 아무도 없어 물품을 경비실에 맡겨 놓고 가겠다는 택배기사의 전화였다.

"아니에요. 부인은 아니고요."

그 순간 태경은 크게 당황했다. 하지만 경비 아저씨는 그녀를 태경의 부인으로 알고 있었다. 태경은 곧바로 경비실을 떠났다. 더 이상의 해명을, 아니 설명을 할 수 없었다. 그 아저씨는 어쩌면 태경의 그 말을 농담처럼 받아들였을지도 모른다. 그렇다면 그 여자는 누구란 말인가.

태경은 웃으며 말을 얼버무렸고, 찾으려던 택배도 손에 쥐지 못한 채 엉성한 모습으로 그 자리를 떠났다. 수자는 알지 못했다. 집 문을 열고 들어와 택배를 가지고 들어왔냐는 질문을 하는 태경의 그 모습이, 표정이 무엇을 의미하는지를 알 수 없었다. 거실 한 켠에 놓여 있던 네모난 상자. 수자는 그 상자를 자신의 방 안으로 가지고 들어가는 태경의 모습을 봤지만 그 안에 무엇이 들어있는지는 보지 못했다.

그 여자는 놀이터에서 만나는 사람들과 길게 이야기를 나누지 않는다. 부끄러움도 수줍음도 아닌 감정. 수자의 주위를 맴도는 분위기가 그들의 눈에는 읽혔다. 미끄럼틀 옆에 선 두 명의 여자가 수자의 모습을 가만히 지켜보고 있었다. 그녀의 짧은 한국어로는 긴 대화가 불가능했다. 낯선 사람이 낯선 사람에게 낯선 반응을 보이는 것도 어쩌면 당연한 일이었을지 모른다. 그럼에도 그 여자는 움직였다. 기둥을 잡고 서 있던 여자가 행동에 나섰다. 수자에게로 다가갔다. 둘 중 머리를 묶은 여자였다. 조심스레 인사를 건넸다. 상냥한 목소리로 안부를 물었다. 그녀는 영어를 할 줄 아는 여자였다.

그 여자는 신우를 가리키며 저 아이가 'daughter'냐고 물었다. 하지만 신우는 그녀의 딸이 아니었다. 그렇다면 그 아이는 무엇이란 말인가.

"경비 아저씨가 혹시 뭐 물어봤어?"

수자는 무슨 말을 할지 몰라 자리를 피해 버렸다. 신우는 그곳을 떠날 마음이 없었지만 억지로 데리고 집으로 돌아와야 했다. 수자는 그 문장을 이해했다. 그 여자가 하는 영어를 알아듣지 못한 것은 아니었다. 발음은 비교적 정확했으며, 문장 하나를 완성시켜 이야기하는 데에도 머뭇거림이 없었다. 자연스러운 회화가 가능한 사람처럼 보였다. 그녀의 인상에서 거부감 같은 것을 느낀 것도 아니었다. 하지만 모여서 이야기하는 것에 익숙해지면 안 됐다. 수자에게는 말이다. 그건 에이전트로부터 철저하게 교육받은 것이었다.

무드, 분위기. 에이전트는 두 단어를 강조해 이야기했다. 수자는 그들에게서 어떠한 분위기를 느꼈던 걸까.

태경은 경비 아저씨가 그녀를 자신의 아내로 인지했던 것에 대한 분석이 필요했던 건지도 모른다. 그녀의 하루를 거슬러 올라가야만 했다. 그날 수자는 신우를 데리고 놀이터에 나갔다. 그곳에서 사람들을 마주쳤고, 한 여자가 자신에게 다가와 인사를 건넸다. 그게 전부였다. 특별한 이야기를 하지는 않았다고 수자는 말했다.

"아뇨."

태경은 그것에 민감하게 반응할 수밖에 없었지만 집요하게 굴지는 않았다. 택배로 받은 주방용품을 가져다주며 요리할 때 쓰라고 이야기했다. 그건 채소를 자르는 기계였다. 뚜껑을 닫는 힘으로 감자나 당근, 양파 등을 원하는 모양으로 썰어 통 안에 집어넣을 수 있는 유용한 도구였다. 손가락을 다칠 염려가 없는 것이었고.

경비 아저씨는 집으로 들어가려던 수자를 불러세워 경비실로 온 택배가 있다고 알려줬다. 그리고 그것을 가져가라고 이야기했다. 손짓을 했고, 소리를 내기도 했다. 'box', 'take' 등의 단어를 사용하기도 하면서 말이다. 하지만 그는 수자에게 다른 이야기는 하지 않았다. 그건 그 이야기를 누군가에게 전해 들었을 확률이 높았던 것을 의미한다. 예측은 앞을 내다보는 감각으로 할 수 있는 것이 아니었다. 위험성을 어떠한 도구나 기계로 차단할 수 있을지는 모른다. 하지만 경험을 통한 분석이 이루어지지 않는다면 모두 쓸모없는 일이 되고 말 것이다. 체득과 관련된 이야기다. 내일 수자는 그 도구를 가지고 어떤 요리들을 하게 될 것인가. 그리고 그들에게는 또 어떤 일들이 일어나게 될까.

그날 수자는 신우를 유모차에 태우고 광화문 광장으로 갔다. 여전히 바깥으로 나가고 싶어 하는 신우였지만, 하지만 놀이터에 가는 일은 이제 불편했다. 수자는 핸드폰을 봤다. 신우의 옷을 갈아입히고 소파에 앉아 핸드폰을 보고 있었다. 그리고 몇 분이 지난 뒤 자리에서 일어섰다. 그들은 집을 나서 지하철역으로 갔고 열차에 몸을 실었다.

하지만 돌고 돌아 2호선으로까지 오게 되었다. 처음 계획과는 조금 다른 것이었다. 수자는 노선도를 봤다. 신우는 지하철을 타본 적이 없었다. 할머니를 따라 버스는 타봤지만 지하철을 타는 것은 처음이었다. 사람들은 모두 옆으로 앉아 있다. 서로를 마주 본 채로 말이다. 그리고 열차는 앞으로 달렸다. 신우는 마치 겁을 먹은 듯 이리저리 두리번거렸다.

그들은 환승해야 될 역에서 내렸다. 충정로역에서 내려 다시 5호선으로 갈아타려면 꽤나 긴 거리를 걸어야만 했다. 그건 어쩌면 고난의 통로였을지도 모른다. 그 지하로 난 길을 걷는 수많은 사람들이 있다. 그리고 그들 사이에 유모차를 모는 한 동남아시아 여자가 있었다.

땅 밑에서부터 올라온 엘리베이터는 몇 명의 사람들을 땅 위로 내려보냈다. 궁이 보이는 기다란 광장을 걷는 그녀의 눈. 수자는 신우와 함께 그곳을 걸었다.

사진을 찍는 관광객들의 모습이 비친다. 노란 머리의 사람들. 또는 반대편에 서 있는 듯 다른 색깔의 피부를 가진 사람들과, 제조사를 알 수 없는 여러 대의 카메라 렌즈가 향하는 곳. 하지만 그들의 눈 속에 담기는 것은 이순신 장군이나 세종대왕의 모습이 아니었다. 그날 그곳에 있던 사람들이 사진 찍는 것은 이순신 장군의 동상이나 세종대왕의 동상이 아닌, 그건 다름아닌 백성들이었다. 또는 병사들의 모습이다. 수자의 머릿속 깊은 곳에 새겨지는 것은 벌거벗은 채로 시위를 하는 여자들의 모습이었다. 벗은 몸의 사람들을 본다. 그 광경을 본 신우가 받을 충격보다는, 그때 수자의 머릿속에 길을 내고 빠르게 지나간 생각 하나는 단지 그들은 왜 옷을 벗었느냐 하는 것이었다.

수자의 대뇌는 그렇게 조금씩 손상되고 있었던 건지도 모른다. 사람들은 훗날 그것을 정신학적 형이상학으로 판단하고는 했지만 말이다. 이 도시에 난 길들을 보라! 그리고 저 높은 빌딩들을.

그날은 광화문에서 신우와 산책을 했으며 수자는 태경에게 그 이야기를 들려주었다. 그런 이야기를 하는 동안에도 신우는 아빠의 핸드폰을 만지작거리는 일에 온 신경이 집중되어 있고는 했다.

"혹시, 신우가 핸드폰 보려고 하면 최대한 보여주지 않도록 해줘."

신우는 이미 그 넓은 세계의 문으로 들어서려는 찰나에 있었다.

태경은 자신이 사온 피자를 식탁 위에 펼쳐 놓았고, 다른 손에 들려 있던 비닐 속 음식도 꺼내 피자 옆에 놓았다. 그건 수자가 좋아하는 것, 옥수수 빵이었다.

수자는 식탁 위에 접시를 하나씩 놓았으며 콜라를 따를 잔 두 개를 내놓았다. 그리고 신우의 잔도 올려놓았다.

"신우는 무슨 음료를 주죠?"

오렌지 주스 한 통이 냉장고에 있었다. 수자는 그것을 신우의 잔에 따랐다. 그 컵에는 미키마우스 그림이 그려져 있었다.

"오늘은…"

태경은 신우를 의자 위에 앉히며 말했다. 신우는 자신의 앞에 놓인 미키마우스에 정신이 팔려 있다 주스를 쏟을 뻔했다.

"어! 조심해!"

태경은 하던 말을 마저 했다.

"오늘은 뭐했어?"

"광화문 광장에 갔다 왔어요."

수자는 신우 앞에 놓인 접시에 피자 한 조각을 올려놓았다. 그들은 오늘 그곳에서 시위대를 봤다. 그 말에 태경의 표정은 순간 굳어 버렸다.

"광화문 광장?"

태경은 되물었다.

"광장에서 궁의 문을 보고 있으면 정말 아름다워요."

수자는 말했다. 그 문에는 光化門이라는 글자가 적혀 있었다. 하지만 그 글자의 뜻을 이해하지는 못하는 수자였다.

"뭐 타고, 가는 건 안 힘들었어?"

태경은 바뀐 표정으로 물었다. 굳었던 얼굴에, 그 입가에 다시 미소를 머금은 채로 말했다. 서울의 지하철은 모든 역에 엘리베이터가 갖춰져 있어서 지하철을 이용하는 것이 불편할 일은 없었다. 사람들을 실어 옮길 수 있는 네모난 유리 상자가 그곳에는 있었다. 그 상자 안에 신우가 탄 유모차와 자신을 집어넣고 버튼을 누르면 되는 일이었다. 그리 큰 어려움이 따르지 않는 일임에 분명했다.

하지만 그 기다란 광장에서 앞으로 걷는 일은 무척이나 힘겨운 것이었다. 벌거벗은 여자들의 걸음을 멈춰 세우는 경찰들과 그 모습을 사진으로 찍는 사람들, 언론.

수자는 광장에서 본 시위대의 이야기를 했다.

그 말에 예민함을 감추지 못하는 태경이었다.

"옷을 벗고 있었다고?"

하지만 수자는 그의 예민한 표정을 눈치채지 못하는 느낌이었다. 그의 입가에는 여전히 절반 정도의 미소가 머금어져 있었기 때문일지도 모른다. 수자는 신우 앞에 놓인 피자 조각을 자르고 또 잘랐다.

"손에는 피켓을 들고, 기자들은 그 모습을 사진으로 찍었어요."

언론은 그곳에서의 일을 사진으로 찍어 보도했다. 저마다 다른 제목으로 그 일에 대해 논했다. 수자 역시 그것을 꽤 심각하게 바라보았다. 하지만 태경은 이해하지 못했다. 그 시선을 이해할 수 없었다. 그의 눈썹 사이를 찌푸리게 한 것은 오직 그 광경을 목격한 자신의 딸, 신우의 눈, 그 시각이었는지도 모른다.

신우는 그 대화에 별 관심이 없는 듯 시선을 주지 않았다. 그들의 입에서 흘러나오는 낱말들을 아직 다 조립할 수 없었기 때문이기도 하다.

피자를 먹는 신우의 모습. 웬일인지 열심이었다. 배가 고팠던 걸까. 치즈가 늘어지며 신우의 턱 밑으로 흘러내렸다. 수자는 그 치즈를 손가락 끝으로 말아 올려 신우의 입에 다시 집어넣었다. 태경은 먼저 움직이지 못한 채 그 모습을 지켜보고만 있을 뿐이었다. 그는 자리에서 일어났다.

콜라를 한 모금 마신 뒤 자리에서 일어섰다. 태경은 수자가 자신의 아이를 데리고 돌아다니는 일이 조금은 위험한 것이라 생각했는지도 모른다. 공무원의 단속을 두려워했던 걸까. 누군가가 수자의 신분을 의심스럽게 생각해 신분증을 요구하기라도 할까 걱정이 됐던 걸까.

태경은 신우를 안고 자신의 방 안으로 들어갔다. 방 안을 맴돌았다. 그날 저녁은 왜인지 신우를 데리고 들어가 밖으로 나오지 않는 태경이었다. 방 창가에는 컴퓨터가 놓인 커다란 책상이 있고, 신우의 눈에는 한쪽 벽면에 놓인 책장과 그곳에 꽂혀 있는, 아빠가 모아둔 DVD들이 보였다. 태경의 품에 안겨 신우는 그렇게 방 안을 돌아다니고 있었다. 책상 위에는 자신의 사진들이 액자로 꾸며져 놓여 있고 그것을 보여주면 보기 싫다는 듯 웃기도 했다. 신우는 책상 위에 놓인 아빠의 카메라를 만지는 일도 좋아했다. 그러나 신우가 정말로 관심을 가지는 것은 그 반대쪽 벽면을 가득 채우고 있던 세계지도였다. 그리고 벽시계였다. 몇 개의 시계가 다른 시간 속을 흐르고 있다.

수자는 거실 소파에 앉아 TV를 켰다. 그리고 닫힌 태경의 방문을 흘깃 쳐다봤다. 궁금했다. 그들은 왜 그곳에서 나오지 않으며 그녀는 왜 거실의 한가운데 자리에 앉아 있는가.

문을 두드린다. 하지만 그건 신문을 구독하라며 떼를 쓰는 사람의 노크일 뿐이었다. 그런 것쯤은 무시하고 문을 쾅 닫아

버려도 될 것을. 수자는 문 앞에 선 그 남자와 몇 분 동안이나 입씨름을 했다. 이 집에서는 신문을 읽지 않는다. 이제 사람들은 모두 컴퓨터와 핸드폰을 통해 기사들을 읽는다. No newspaper, anybody. 그 말뜻을 알아듣고 이해하는 영업자였다. 물론 그 남자는 쉽게 떠날 생각이 없었지만 말이다.

설문조사를 왔다는 사람에게 진지한 자세로 자신의 생각을 드러내 보이기도 하는, 그녀는 자신의 마음과 생각을 털어놓고 싶어 하는 듯 보였다. 이 집 사람들은 종교를 믿지 않는다. 목에 힘을 줘 이야기하는 수자였다. 그들은 모두 그런 그녀의 눈빛을 읽고 있었던 걸까.

수자는 그날 있었던 일을 이야기했고, 또 그 다음 날에 있었던 이야기를 하고, 그럴 때면 신우는 다시 핸드폰에 집착하기 시작했다.

"신우 핸드폰 너무 많이 보여주지 마."

이틀 전보다 조금 더 짧아진 문장이었다. 그리고 조금 더 딱딱해진 말투였다. 수자는 신우의 손에 있던 핸드폰을 다시 가져오려 했다. 하지만 그 아이의 입은 이내 옆으로 벌어지며 울음소리를 내기 시작했다. 태경은 자신의 방으로 들어갔다. 그리고 책상에 앉아 닫힌 문 밖을 쳐다봤다. 울음소리가 멈췄다.

그리고 다시 들려오는 웃음소리에 자리에서 일어났다. 그는 등을 돌려 창문 밖을 쳐다봤다. 유리에 비친 자신의 모습에서 이중성을 느끼는 태경이었다.

옆집 사람들

일기예보는 이번 겨울 대한민국에 더욱 혹독한 추위가 찾아올 것이라고 예측했다. 어떤 사람들은 말했다. 이 땅에 사는 사람들 역시 북극의 기온에 필연적인 영향을 받고, 하지만 그것을 막아 세우는 벽이 점점 무너져 내려 북극의 찬 공기가 들이닥칠 것이라고 예고했다. '온난화의 역설'이라 꾸몄다. 표현이었다. 수자는 태경에게 이번 겨울에도 한국에 눈이 내리냐고 물었다. 그는 잘 모르겠다고 이야기했다.

출근 전 식탁에 앉아 대화했다. 수자는 프라이팬에 부친 달걀을 식탁 위에 올려놓으며 태경에게 물었다. 알 수 없는 일이었다. 그리고 그는 일기예보를 믿을 수 없다고 이야기했다.

올 겨울에도 눈이 내릴 것이다. 그건 분명한 사실이라고도 이야기했다. 그녀는 눈이 오기를 기다렸던 걸까. 수자가 처음 서울에서 눈이라는 것을 봤을 때, 그때 그녀는 그 하얀 정원 위에다 무언가를 그려넣고 싶어 했다.

"아줌마 나라에도 눈이 내려요?"

그때 소혜는 수자에게 물었다. 집이 무너졌으면 좋겠다고 말하면서 말이다. 그때 그 아이는 폭설을 꿈꿨던 걸까.

비극적인 상상이었다. 미얀마의 겨울에는 눈이 내리지 않는다. 수자는 자신의 나라에서 눈을 본 적이 없었다. 그녀에게는 그 눈이 너무도 가볍고 달콤한 것이었으리라. 하지만 누군가에는 그토록 무겁고 슬픈 것이었는지도 모른다.

나뭇잎이 노랗게 물들었고, 바람이 불어 그 잎들이 하나둘 떨어지기 시작했다. 창문 밖의 풍경도 조금씩 변하기 시작했다. 태경이 출근한 뒤 수자는 그 풍경을 바라보고 있었다.

태경은 수자가 자신에게 한 질문이 신경 쓰였는지 인터넷을 통해 일기예보를 확인했다. 올 겨울 날씨. 이번 겨울 대한민국 날씨. 이번 겨울 한국 날씨.

올 겨울 이 나라에는 더욱 혹독한 추위가 들이닥칠 것이다. 태경은 인터넷 신문 기사들을 읽었다. 출근길 열차 안에서 올 겨울 날씨에 대한 정보를 찾고 있었다. 지구온난화로 인해 북극 기온이 올라가 찬 공기가 밑으로 내려올 것이라는 분석이 있었다. 부산에서는 이것과 관련된 세미나까지 열렸다고 한다.

극을 둘러싸는 제트기류가 높은 온도에 떠밀려 아래로 내려온다는 것이었다. 그렇게 되면 폴라 보텍스가 남하하여 지구의 가운데 땅이 추워지게 된다는 이론이다. 'Polar Vortex', '극 소용돌이'를 의미한다. 북극에서는 반시계 방향으로 회전하고 남극에서는 시계 방향으로 회전하는 것이라는 백과사전의 설명이 있었다. 문이 열리는 소리가 들렸다.

태경은 하마터면 내려야 할 역에서 내리지 못할 뻔했다. 사람들을 밀치듯 문밖으로 나갔고, 열차 안을 돌아봤다. 그리고 다시 앞을 보며 걸었다.

하지만 태경은 그런 이야기들을 그녀에게 해주지는 못했다. 시간을 확인했고 빠른 걸음으로 지하철 밖으로 나왔다.

날씨는 조금 쌀쌀해져 있었다. 계절에 대한 예측이 사람들에게 끼치는 영향이란 무엇인가. 눈은 내릴 때가 되면 내릴 것이다. 그럼에도 알고 싶어 하는 것은 무엇 때문인가.

수자는 거실 바닥에 바구니를 놓고 민트를 다듬었다. 그 모습을 호기심 어린 눈으로 바라보던 신우의 모습은, 그런 신우의 눈동자 초점이 희미해져 있었다. 문득 고개를 돌린 수자는 어딘가를 멍하니 주시하고 있는 신우의 모습을 봤다. 피곤할 때가 되었던 건지도 모른다. 눈꺼풀이 무거운 듯했다. 수자는 신우를 안아 재웠다. 눈이 감겼고, 수자의 어깨에 걸쳐 있는 팔도 어느새 아래로 떨어져 있었다.

다듬은 민트를 주방으로 옮기고 난 뒤 수자는 거실 바닥에 이불을 깔았다. 그리고 그곳에 신우를 눕혔다.

TV를 켰다. 신우를 재운 뒤 수자는 소파에 앉았다. 잠시 등을 기대고 있던 수자는 옆으로 누운 채로 리모컨을 손에 쥐었다. 그리고 잠들었다.

'수자!'

그러나 곧바로 눈이 떠졌다. 아빠의 목소리가 들렸다. 수자는 때때로 자기 아버지의 목소리를 환청처럼 듣고는 했다. 일어나라고 했다. 그는 자신의 딸에게 따뜻한 사람이었지만 엄격한 아버지였다. 수자는 다시 일어나 앉았다. 그리고 TV를 껐다.

하루가 24시간이라면 수자에게는 몇 시간의 하루가 주어졌던 걸까. 누구보다 긴, 그리고 먼 내일이 그녀를 기다리고 있었을지도 모른다. 그건 축복과도 같은 일이었다. 짧지 않은 하루를 산다는 것은 말이다.

태경은 거실에서 TV를 보는 일이 잘 없었다. 주말에 축구를 보기 위해 그곳에 앉아 있는 시간을 빼고는 자신의 방에 머무르는 시간이 많았다. 대화할 시간이라고 해봐야 기껏 식탁에서 몇 마디를 나누는 것이 전부였고, 주로 일에 대한 이야기뿐이었다. 신우를 사이에 두고 앉은 거실에서의 대화. 몇 마디의 오고감이 있을 뿐이었다. 평일 저녁의 평범한 일상이었다. 그마저도 신우를 사이에 두고 함께 있는 것도 드문 일이 되어갔다.

어느 날은 태경이 신우가 신을 신발을 하나 사겠다며 신우를 데리고 밖으로 나갔는데 그녀는 같이 가지 않았다. 같이 갈 수 없었던 이유 때문이었는지도 모른다. 신우의 한쪽은 수자였고, 신우의 또 다른 한쪽은 태경이 되어갔다. 분리의 역사는 자연스러운 시작이었는지도 모른다. 하지만 계기가 필요했다. 태경은 조금씩 그녀와 떨어져 있어야 한다는 것을 느끼기 시작했다.

컴퓨터와 마우스를 연결하는 선이 제대로 작동하지 않았다. 태경은 영화 하나를 다운로드 받으려 하고 있었다. 그런데 커서가 움직이지 않았다. 결제를 위해 카드 번호를 입력하려고 했지만 그것이 움직이지 않았다. 책상 위는 깨끗했다. 카메라를 만져 봐도 손끝에 먼지 하나 묻어 나오지 않을 정도였다. 그러고 보니 신우의 모습이 담긴 액자 위치가 조금 달라져 있는 것 같기도 했다.

태경은 손가락으로 커서를 움직였고 카드 번호를 입력했다. 다운로드가 시작됐고 태경은 플레이 버튼을 눌렀다. 그 영화는 살고 있던 건물이 붕괴될 위기에 처하자 이전 세입자의 물건들이 남아 있는 기이한 느낌의 아파트로 이사를 간다는 내용의 영화였다. 「세일즈맨」이었다. 태경이 살고 있는 아파트는 내진 설계가 제대로 되어 있어 붕괴될 위험은 없었다. 하지만 자신이 마치 이전 세입자가 된 듯한 기분을 느끼는 태경이었다. 주인공들이 이전 세입자의 물품들을 옮겨 놓는 장면들이 흘러나오고 있을 때였다. 그 집으로 이사를 온 주인공들은 부부였고 같은 극단에서 연극을 하는 연기자들이었다.

그 선 안에 어떠한 끊어짐이 있는지, 그렇지 않은지에 대해서는 알지 못한다. 단지 접속불량의 상태라는 의심을 가져볼 만했던 것이다. 태경은 멈춤 버튼을 눌렀다. 그리고 담뱃갑과 라이터를 손에 쥐고 밖으로 나왔다.

수자는 침대 위에 엎드려 누워 종이 위에 무언가를 적고 있었다. 그녀는 아직 잠들지 않았다. 신우만이 수자 옆 침대에 누워 잠을 자고 있을 뿐이다.

수자에게 청소하는 일에 너무 공을 들이지 말라고 이야기할 수는 없었다. 자신의 방은 자신이 청소하겠다고 이야기할까 고민도 했다. 하지만 자신의 방 안에 들어오는 것을 꺼려

하는 것으로 비칠까, 그 말은 할 수 없었다. 태경은 놀이터에서 아파트 건물을 올려다봤다. 여전히 불이 꺼져 있지 않은 집들이 보였다.

다시 집으로 들어왔다. 방으로 들어왔을 땐 다운로드가 끝난 상태였고 태경은 다시 영화를 보기 시작했다. 내일은 새로운 마우스를 하나 사가지고 들어와야 했다. 그 정도 지출에 기분이 언짢거나 하는 것은 아니었지만 태경의 계획에는 없던 일이었다. 수정하며 살아야 할 것들이 있었다.

"밖에 좀 나갔다 올게."

태경은 신우가 신을 신발 하나를 사줘야겠다고 생각했다. 그리고 자신이 사용할 마우스도 하나 구입해야겠다고 마음먹었다. 다음 날이었다.

"어디 가세요?"

수자는 물었다. 신우가 신을 신발을 사러 간다며 그는 나갔다. 그렇게 나가려던 태경은 뒤를 돌아보며 이야기했다.

"뭐 필요한 거 있어?"

지금 당장 필요한 것은 없었다. 신우의 기저귀가 떨어져가고 있지만, 며칠 뒤 태경이 마트를 가면 사올 것이기에 기다릴 수 있었다. 수자는 그저 궁금했을 뿐이다. 그녀는 태경이 신우를 데리고 어디로 가는지가 궁금했다. 하지만 먼저 물어보기 전에 그는 이야기해주지 않았다.

문을 닫고 나간 뒤 흔들리고 있는 종을 봤다. 태경이 신우를 데리고 나간 뒤, 수자는 점점 희미해지는 종의 소리를 들었다.

해야 할 일이 없다. 찾아서라도 해야 하는 것이 직업인으로서 가져야 할 마음가짐일지도 모르겠지만, 하지만 지금 수자에게는 해야 할 일이 없었다. 베란다로 나가 창문 밖을 봤다. 걸려 있는 빨래들을 본 뒤, 그리고 다시 창문 밖 풍경을 바라보는 수자였다. 문을 열었다. 아빠를 부르는 아이의 소리, 또는 누군가의 웃음소리 같은 것이 들려왔다. 분명하지 않아 더욱 뚜렷해지는 감정들이었다.

수자는 그즈음 작은 소망 하나를 가지게 되었다. 만질 수 없는 것을 손에 쥐듯 부푼 꿈에 사로잡혔다. 이케아에 가서 주방용품들을 고르고, 그것들을 올릴 만한 튼튼한 탁자를 살펴본 뒤에 거기에 맞는 의자를 고르고, 만져보고 싶었다. 그리고 느끼고 싶었다. 언젠가 그녀는 그곳에 갈 수 있을까. 그곳으로 가서, 그 스웨덴 사람들이 디자인한 물품들을 고르며 그곳 안을 걸을 수 있을까.

태경의 차를 타고, 신우를 데리고, 신우의 하얀 책상도 사고, 모서리가 둥근 노란색 의자도 사고 싶다. 그곳에 가만히 앉아 있는 신우의 모습을 상상해본다. 그리고 접시와 컵을 사 찬장 안에 넣고 싶다. 그것들을 꺼내 자신이 요리한 음식들을 담아내는 꿈을 꾼다. 물과 음료를 따르는 모습을 그린다. 그 모든 것들이 꾸깃꾸깃한 파란 봉투 안에 담기는 것.

하지만 그곳은 비행기를 타고도 갈 수 없는 곳이었다. 대신 그녀는 인터넷의 세계로 들어가 물품들을 골랐다. 사진을 캡쳐해 핸드폰에 저장했다. 그녀만의 구매 방식이었다. 수자는 소파에 등을 기대 앉은 채로 핸드폰을 보고 있었다.

하나씩 자신이 원하는 것들을 모아 집을 꾸몄다. 누군가가 수자를 위한 건축을 한다면 무엇보다 전기 배선이 중요할 것이라는 점을 인식해야 할 것이다. 선을 놓고 그곳에서 전기가 흐르도록 해야 한다. 이 도시의 아파트들은 어쩌면 그런 것들로 쌓여 있는 구조물인지도 몰랐다. 가구, 조그만 책상과 의자 하나조차도.

조직적인 것이다. 모든 것이 짜여 있고 얽혀 있다. 프라이팬, 냄비, 컵, 접시들. 집은 공장이다. 끊임없이 무언가를 생산해내고 만들어야 한다. 신우 역시 그 틈 속에 끼어 살게 된 운명이다. 위층 부부의 아이들은 중학생과 고등학생이고, 엘리베이터 안에서 사탕 냄새가 나면 태경은 그것이 위층 아이들이 타고 내린 흔적이라는 무의식적 직감을 느끼기도 했다. 아래층에는 신혼부부가 살고 있었으며 그들은 곧 아이를 가지게 될 예정이었다. 그래서인지 신우를 보면 누구보다 사랑스러운 눈빛으로 그 아이를 바라보고는 했다.

서로에 대해 잘 알지 못하지만 엘리베이터에서 마주치면 살갑게 인사를 주고받으며 사는 사이. 앞집에 사는 사람은 서로 한 번도 마주친 적이 없었다. 하지만 태경은 봤다. 편지함에 들어 있던 우편물이 사라지고 없는 것을 그는 목격했다.

사람이 살고 있다는 것은 분명했다. 알 수 없는 일이었다.

태경은 컴퓨터 앞에 앉아 있다. 빌딩 숲 속, 어느 커다란 콘크리트 나무 안에 자리 하나를 잡고 앉아 컴퓨터를 보고 있다. 큰 벌레 한 마리가 있다. 태경은 블루 크랩 바이러스가 떠돌고 있다는 사실을 인터넷 기사를 통해 알게 되었다. 어느 백신 소프트웨어 개발 및 인터넷 보안시스템 공급업체는 이 블루 크랩 바이러스의 키워드 분석 결과를 내놨다. 이 키워드 분석 결과를.

"야! 좀 쉬면서 해라!"

그의 책상 위로 커피 한 잔이 놓였다. 머리가 아픈 태경에게 한 잔의 커피를 권하는 손은 명제의 것이었다. 그는 태경의 책상 끄트머리에 걸터앉으며 말했다.

"일하는 거 아닌데요?"

명제는 태경이 보고 있던 컴퓨터 속 글자들을 들여다봤다.

"안랩에서 블루 크랩 랜섬웨어 키워드 분석 결과를 내놨네요."

그리고 이내 몸을 떨어뜨려 놓았다.

"됐고, 너 이번 주 금요일에 시간 돼?"

"왜요?"

태경의 눈은 여전히 컴퓨터 모니터를 향해 있었다. 그런 그를 보며 명제는 말했다.

"여자 한 명 만나봐."

소개시켜 주는 것을 좋아하는 사람이 주위에 한 명쯤 있다는 것은 긍정적인 일일지도 모른다. 바람직한 선배일지도 모르겠다. 그건 태경의 인간관계를 말해주는 것이기도 했으니까 말이다.

"됐어요."

잠깐 동안 아무 말도 않고 있던 태경이 입을 열어 대답했다. 명제의 얼굴을 올려다보며 그렇게 이야기했다. 마치 비스듬해진 수직 관계 같다.

"맨날 나랑만 술 마시고 이야기할 거냐?"

태경은 다시 모니터를 향해 시선을 돌렸다.

"새로운 대화도 필요한 거야. 어떻게 맨날 그렇게 스치고 지나가기만 하냐!"

그의 왼쪽 귀에서 들려오는 소리들. 인간관계. 하지만 태경은 늘 그 그물망 같은 관계 속을 빠져나오고 싶어 했다. 그 속으로 들어가는 일을 다시 해야겠다고 마음먹기 힘들었다. 인사를 해야 하고, 자신을 소개해야 되는 일. 어떤 이야기들을 해야 할지를 미리 생각해야만 하는 관계. 사람을 만나는 일이었다.

태경은 반복되어온 그 패턴 속을 벗어나고 싶어 했다. 명제가 자주 입고 다니는 그 패턴 셔츠를 보면 태경은 늘 머리 아파했다. 그것도 한두 개가 아닌 여러 벌이었으니 말이다.

다음 날 명제는 그의 오른쪽 귀에 대고 금요일에 약속을 잡았다고 이야기했다. 창문 밖을 향해 서서 누군가와 문자를 주고받던 그는 태경에게로 다가와 말했다. 일종의 통보 같은 것이었다. 태경은 더 이상 뺄 수 없었다. 아니, 만류하는 법을 잊은 것인지도 몰랐다.

태경은 인력으로 어느 쪽으론 가 이끌리는 일은 없다고 믿는 사람 중에 한 명이었다. 결국 그 자리로 이끌려 오게 됐다. 그를 강남의 어느 이자카야로 끌어들인 건 명제의 연출이었는지도 모른다. 시나리오를 짠 사람은 따로 있을까. 선배의 아내가 각본가로 활동하고 있다는 사실은 이미 알고 있었다. 이 시간에도 그녀는 글을 쓰고 있다. 주방 식탁에 노트북을 펼치고 앉아 키보드를 두드리고 있었다. 그녀의 손가락에는 무언가 분노 같은 것이 느껴졌다. 그건 층간 소음을 주제로 한 이야기였다.

쿵쿵거리는 소리에 고개를 위로 들면 아이들이 뛰고 있다는 사실을 짐작할 수 있고, 또 쿵쿵거리는 소리가 들려오면 우리 집 아이가 뛰어 아래층에서 막대기 같은 것으로 천장을 두드리고 있다는 것을 암시하는 것이었다. 하지만 그러한 예측은 모두 쓸모없는 것이었다. 중요한 건 그는 지금 이 자리에 있다는 것이다. 명제가 자주 입고 다니는 패턴 셔츠는 그녀가 조언해 준 것이 아니었다. 그 위를 덮은 스웨터나 재킷이었다.

그날 태경은 이자카야에서 빛을 받으면 광을 내는 검은색 가죽 재킷을 입은 여자를 봤다.

"그 영화 봤어요?"

그들은 먼저 약속 장소에 도착해 있었다. 대리석으로 된 건물이었지만 창틀은 목재로 되어 끼워져 있었다. 태경은 가게로 들어서기 전 그 건물의 외관을 유심히 봤다. 벽 쪽에서 한 발짝을 떼어 전체적인 구도를 살폈다. 둘은 나무틀로 된 창가 자리에 앉았다. 그녀가 도착하기 전 그들은 먼저 소주를 마셨다. 안주가 나오기도 전에, 태경은 소주 한 모금을 들이키며 그런 이야기를 했다.

"작년에 차 몰고 춘천에 갔는데. 20대 때 어떤 영화를 봤는데, 그 영화 촬영 장소에 가보고 싶더라고요. 내비게이션에 고구마섬 야구장 찍고 천천히 달렸는데, 도로는 어두컴컴했죠."

"무슨 영화였는데?"

그 영화는 태경이 헤어진 아내와 함께 본 첫 번째 영화였다. 「가족의 탄생」이었다.

"가족의 탄생?"

함께 왔던 춘천의 오미교를 태경은 혼자서 찾았다.

"그 영화가… 2006년에 개봉했죠."

그날 태경은 드라이브를 했다. 검은 구두를 신은 남자가 거리를 걷고 있다. 자동차가 신발이라면, 그날 밤 태경의 제네시스 G80은 도로 위를 무기력하게 걸었다. 헤드라이트가 가리키는 불빛을 따라 달렸다. 그 길은 끝도 없이 이어졌다. 왜냐면 그의 발걸음이 너무나도 느렸기 때문이다. 트럭들과, 이따금씩 낯선 자동차들의 불빛이 그를 스치고 지나갔다. 그리고 그곳에 도착했을 즈음 태경은 털썩 주저앉고 말았다. 땅과 땅을 잇는 다리 위에 차를 세워두고 그는 잠이 들었다. 눈을 떴을 때는 태양이 곧 모습을 드러낼 듯 하늘은 노랗게 물들어 있었다.

"영화 찍었네."

태경은 차에서 내려 차 보닛에 몸을 기대었다. 엉덩이가 차가웠다. 현실로 돌아왔다. 그는 마치 이상 속에서 현실을 이야기하는 사람 같았다. 그녀는 그 장면의 바깥으로 탈출해 나갔다.

"결혼은 약속이야. 그 약속, 다음번에는 하지 말고 살아라."

명제는 비어 있는 그의 술잔을 채워줬다. 하지만 태경은 결혼할 마음이 없었다. 그럴 거라고 생각해 본 적이 없었다. 여자랑 자는 일을 다시 할 수 있을 거라고도 생각하지 않았다. 옷을 벗고, 아니면 벗겨주고, 벗기고. 입술을 입술에 갖다 대고, 만지고. 그 다음에 이어질 장면 역시 떠올리지 못했다. 태경은 그 과정을 따라가는 것조차 버겁다고 느꼈다. 반드시 그런 장면을 찍어야만 하는 것인가.

명제는 웃었지만, 하지만 놀랐다. 그런 생각을 하는 사람을 만나본 적이 없다 느꼈기 때문이다.

"오빠!"

그때 누군가가 명제를 불렀다. 태경이 고개를 뒤로 돌렸을 땐 검은색 가죽 재킷을 입은 여자가 자신의 뒤에 서 있었다. 여운이었다. 명제는 옆자리에 놓아두었던 자신의 가방을 태경에게 건넸고 의자를 비웠다. 그 여자는 자리에 앉으며 태경을 흘깃 쳐다봤다.

"안녕하세요."

태경은 그 여자의 치마 위에 새겨진 무늬를 봤다. 꽃무늬였다.

"여긴 여운이야."

"하태경! 내가 얘한테 네 얘기 많이 했어."

그는 과연 무슨 이야기를 했던 걸까.

그녀는 화장도 했고, 지극히도 꾸미고 나온 모습이었다. 하지만 심한 향수 냄새가 나 머리를 어지럽게 하거나 하지는 않았다. 그런 여자에 거부감을 가지는 것이 보통의 남자들이 가진 습성이라면, 그건 태경 또한 마찬가지였다. 그래서인지 안심했다. 보통의 남자가 보통이 아닌 여자를 상대하기란 힘든 일이니까 말이다.

하지만 태경은 그 여자와 눈을 마주치지 못했다. 그녀의 눈에는 그런 태경의 모습이 어딘지 불안해 보였다. 연기는 아닐까.

영화였을지도. 철학이 아닌 그저 진한 술에 입술을 담그는 것처럼. 태경은 한 잔을, 그리고 두 잔을. 여운의 앞에 앉은 그 남자는 마치 자신만의 세계에 빠져 있는 사람처럼 보였다. 그녀의 눈에는 그렇게 보였다. 두 병의 소주와 한 병의 사케를 모두 마신 그들은 결국 자리를 옮겨 다른 술집으로 향했다.

위태로운 플라스틱 의자는 술에 취한 사람들을 지탱한다. 늦은 밤거리에 놓인 빨간색 테이블과 의자들. 그중 한 명은 이미 인사불성인 상태다. 명제였다.

주문한 안주가 나오기 전에도 그는 술잔을 들었다. 그럼에도 말이다.

"호가든 좋아하세요?"

"호가든 마실 때, 이렇게 땅콩을 껍질째로 먹으면 좋은 향이 나요."

기어이 들이키고 만 그 한 잔에 명제는 접시 위의 새우처럼 등이 굽어지기 시작했다. 시선은 안주가 놓여 있는 곳 어딘가를 향해 있으며, 그는 그들의 대화에서 이미 배제되어 있는 상태였다. 태경의 눈꺼풀도 처지기는 마찬가지였지만, 하지만 그런 명제의 모습을 보면서 태경은 슬쩍 웃음을 지었다.

"맥주 좋아하시나 봐요?"

"소주 별로 안 좋아하거든요. 이 오빠는 맨날 소주만 마시잖아요."

그건 태경도 마찬가지였다. 하지만 명제가 소주만 마시는 것은 아니었다. 필요하다면 맥주도 마다하지 않는 형, 선배였다. 그런 명제는 지금 대꾸조차 할 수 없는 상황이다.

"이 오빠 집에 보내야겠는데요."

급기야 기대 있던 테이블을 밀치며 그 자리에 고꾸라지고 말았다. 주위에 앉은 사람들은 모두 그를 쳐다봤다. 만취한 자의 모습이었다.

그들은 명제를 택시에 태워 보냈다. 안주도 거의 먹지 않은 채 그곳에서 자리를 뜨게 됐다. 여운은 편의점에 가서 물과 숙취음료 한 병을 사왔고, 태경은 낯선 벽에 기대 앉아 혼잣말을 하던 명제를 정신 차리게 했다. 태경이 명제를 설득하는 재주가 있었다면 그런 것이다. 그는 침착하게 말했다. 형수가 걱정할 것이며, 딸이 자신을 혼낼 것이라고 이야기했다. 여운이 사가지고 온 물을 마시게 했고, 숙취음료 병을 그의 손에 쥐어줬다. 끝내 그것은 마시지 않겠다고 버텼지만 말이다.

명제는 떠났다. 몇십 분 동안의 씨름 끝에 그들은 겨우 그를 택시에 태워 보냈다. 택시가 떠난 자리에서 두 사람은 주위를 두리번거렸다. 캄캄한 밤의 도로 가에 두 남녀가 서 있다. 가로등 불빛이 그들을 비춘다.

그들은 다시 걸었다. 다시 그곳 안으로 들어갔다. 책을 고르는 일처럼, 그들은 간판에 적힌 글자들을 보며 걸어갔다. 작가들의 세계가 어두운 밤을 밝힌다. 그러다 불쑥 한 권을 집어 드는 여운이었다.

"편의점 앞에서 호가든 한 캔을 마시고 있는데, 핸드폰으로 영화를 보고 있었거든요. 그런데 핸드폰 너머로 눈동자 두 개가 보이는 거예요."

어느 바(Bar)로 왔다.

색깔이 다른 낙엽들이 겹쳐 쌓인 것처럼 얼룩덜룩한 무늬를 한 길고양이었다. 그때 그녀는 회색의 레인코트를 입고 있었다. 태경은 자신의 옆에 앉은 여자의 이야기를 들었다. 그리고 그 고양이의 몸에 그려진 무늬를 상상하고 있었다.

"명제 오빠한테 이야기 들었어요."

그 순간 태경은 놀라 그녀의 얼굴을 쳐다봤다. 여운의 그 말에. 눈동자의 움직임이 온전치 않은 상황이었지만 그는 온 힘을 다해 균형을 유지하려 노력했다.

"소개받는 자리는 싫다고 했는데. 형한테 끌려 나왔죠."

그녀의 얼굴, 오른쪽 뺨에는 동그란 점이 하나 있었다.

"저도 싫었어요."

태경은 그녀의 얼굴에서 다시 시선을 떼어냈다.

"그런데, 이야기하니까 좋네요."

여운은 말했다. 태경은 무슨 말을 할지 몰랐다. 그제서야 음악 소리가 들렸다. 재즈였다.

그들은 모두 이 자리에 나오고 싶어 하지 않은 사람들이었다. 12시가 넘은 시간, 하지만 그들은 여전히 헤어지지 않은 상태다. 그렇지만 남은 술과 음식들을 더 이상 비워내지는 못한다. 곧 헤어졌다. 그녀가 택시를 타고 가는 모습을 지켜봤고, 자신은 다른 택시에 올라 집으로 향했다.

그 책의 페이지 수는 꽤 길었지만 모두 읽지 못했다. 결론에 다다르면 허무해질 것이 뻔했다. 뉘앙스들. 그 재즈곡들의 멜로디는 기억나지 않지만 태경의 외투 어딘가에는 그 분위기, 흔적이 남았다.

Don't look back in anger

집으로 돌아왔다. 그녀와 헤어지고, 이런저런 생각이 머릿속을 떠도는 바람에 태경은 복잡했다. 그 여자의 치마에 그려져 있던 꽃무늬의 색깔들이 자신의 눈앞을 떠나지 않았다. 엉망진창인 두 눈앞이었다. 택시에서 내렸다. 그리고 집으로 가려다 말고 편의점 앞 테라스에서 맥주를 마시며 담배 한 대를 태웠다.

담배에 불을 붙였지만, 하지만 껐다. 핸드폰을 켜 오래 전 적어놓은 일기를 읽다 피우다 만 담배를 땅에 버렸다. 그는 핸드폰 메모장에 글을 적고는 했다. 어디로도 보내지 않을 문자들을 두 손으로 입력하고는 했다. 하루에 주어진 매우 개인적인 시간들 속에 때때로 그는 자신의 이야기를 기록했다. 태경은 몇 개월 전 한의원을 다녔다. 메모장을 뒤적이다 무언가를 발견했다. 한의원을 갔다 왔다는 문장이 적혀 있었다. 그리고 이어진 문장들이 있었다.

'내 왼쪽 뇌에서 전쟁이 발발하면 나는 숨을 쉬지 못했다.'

그 한 줄의 문장은 여전히 감동으로 다가왔다. 그때 그는 한의원에서 어떤 의사를 만났다. 그는 환자의 말을 귀기울여 듣는 사람이었다. 태경의 성격과 습관, 심지어 그의 생활에 대한 것까지 궁금해 했다. 얼마 전 그는 사랑하는 여자와 헤어졌다. 법적으로 부부 관계이기까지 했던 한 연인이 이별을 택했다. 둘 사이에는 아이마저 있었는데 말이다. 그녀는 떠났고, 자신은 딸과 함께 남았다. 털어놓았다.

태경은 침대 위에 눕혀졌다. 간호사 한 명이 들어와 그의 등에 부항을 떴고, 얼마 뒤 다시 의사가 들어와 그의 몸에 침을 놓았다. 그렇게 며칠간의 치료가 이어졌다. 첫 날의 치료만으로도 태경은 원래의 상태로 돌아왔다. 그리고 다시 입을 열 수 있게 되었다. 말을 할 수 없었던 것이다.

태경의 왼쪽 뺨에는 그때의 파편들이 흔적처럼 남아 있다. 단어를 떠올리지 못하는 병에 걸린 것이었다. 술에 취해 필름이 끊긴 다음 날 눈을 떴지만 말을 하지 못했다. 그는 단어를 선택할 수 없었다. 그때 신우를 보면서 문득 그런 생각을 했다. '우리는 같은 처지다.'

'말을 하지 못하는 그 아이와 나는.'

눈물조차 흘리지 못했다. 떨어지는 목련꽃을 보며 절망했다. 그리고 태경은 한 문장을 더한다.

'과연 나무는 있었던가.'

검은색 필름을 붙인 창문처럼 밖이 깜깜했다. 누군가에게는 낮이, 그러나 그에게는 온종일 밤이었다.

의사는 물었다. 태경의 평소 습관을 궁금해 했고, 그의 생활 패턴이 어떤 식으로 반복되는지에 대해서 알고 싶어 했다. 그리고 무슨 일이 있었는지를 물었다. 태경은 스스로 입을 열었다.

그는 사랑하는 여자와 헤어졌고, 법적으로 부부 관계이기까지 했던 한 연인이 이별을 택했고, 둘 사이에는 아이마저 있었는데 그녀는 떠났다. 그리고 자신은 딸과 함께 남았다. 그제서야 의사는 고개를 끄덕였다. 하지만 태경의 몸은 이미 붉게 물들고 여기저기가 바늘에 찔린 상태였다. 병이라는 건 치료가 끝난 뒤에야 그 원인을 찾을 수 있는 건지도 몰랐다.

다시 입을 떼기 시작하면서 태경은 도리어 의사에게 질문을 던지기 시작했다. 간호사들이 그의 모습을 쳐다보던 시선이 떠오르며 교차했다. 그때 그는 접수를 하며 기본적인 증상을 묻는 간호사의 질문에도 대답을 하지 못했다.

기와 혈의 통로는 어떤 식으로 연결되는지. 새끼손가락에 놓은 침은 어느 곳을 자극하기 위한 것인지. 태경은 묻고 또 물었다. 그때가 다시 떠올랐다. 손을 뒤로 뻗어 등 근육을 주물렀다. 목과 어깨가 굳은 상태였다. 다시 회사를 다니기 시작하면서 생긴 일이다. 원래대로 되돌아가는 느낌이었다. 원인을 찾아낸 뒤에도 병은 다시 찾아오고는 했다.

다시 여자를 만났고, 태경은 자신의 눈앞에서 그 꽃무늬의 색깔들이 서서히 사라지기를 기다렸다. 그리고 그곳을 떠나 다시 돌아가기를 원했다. 집으로 들어가 잠을 자야 한다. 그리고 눈을 떠야 한다. 아침이 되어 다시 눈을 떴을 땐 아무런 문제가 없어야 했다.

아무 문제도 없다. 어젯밤 그녀와 있었던 시간들이 마치 영화 속의 장면들처럼 그의 머릿속 터널을 스쳐 지나갈 뿐이었다. 호가든과 고양이, 땅콩 껍질의 향, 편의점 테라스에서 본 영화 한 편. 광고 효과일지도 모른다. 곧 똑같은 술과 안주를 마시며 편의점 앞에 앉아서 고양이 한 마리를 찾게 될 것이다.

태경은 그런 그녀에게 이끌렸던 걸까. 하지만 지금의 감정이 현실적이지 않다고 느꼈다. 그의 눈에 비치는 것들이 모두 이상화되어가기 시작했다.

수자는 그의 외투에서 풍겨오는 이상한 냄새를 느꼈다. 술 냄새가 아니었다. 어젯밤 수자는 태경이 집으로 돌아오기까지 잠을 자지 않았다. 소파에 앉아 TV를 보고 있었고, 잠시 화장실에 갔다 나올 때 그가 집으로 들어오는 모습을 봤다. 문을 여는 소리가 들렸고, 현관에 켜진 불빛 아래로 태경의 모습이 비췄다. 이해하지 못한 내용의 이야기가 결말이 되어 나타난 것처럼 말이다. 잠에서 깨어 방을 나오는 태경의 모습을 볼 때는 또다시 헷갈렸다. 무엇이 그의 모습인지 알 길 없었다.

그는 아침 일찍 일어났다. 술을 많이 마셨음에도 그는 이른 시간에 깨어 방을 나와 냉장고에서 물을 꺼내 마셨다. 태경은 자신을 바라보는 수자의 표정이 무엇을 의미하는지를 알 수 없었다.

절에 갈 것이라고 했다. 수자에게는 일요일마다 휴일이 주어졌다. 바깥에서 시간을 보내고 오라며 일요일은 자신이 신우를 돌보겠다고 말했다. 그 약속을 어기지는 않은 태경이었다. 하지만 신우가 자신을 깨우기도 전에 그는 먼저 일어나 있었다. 화장실로 들어가 머리를 감고 나왔다. 머리를 말리고 난 뒤, 그리고 주방으로 와 냄비에 있던 요리를 데워 밥을 푼 그릇에 담았다.

그녀는 그날따라 아침 일찍 옷을 챙겨 입은 채로 거실에 나와 있었다. 다소곳한 자세로 앉아 TV를 보고 있었다. 태경은 소파에 앉아 있는 수자의 모습을 흘깃 쳐다봤다. 외투에는 목적이 있다.

알록달록한 색깔로 칠해진 건물들 사이에 회색으로 칠해진 건물이 하나 있다면 그건 카페일 것이다. 혹은 새로운 모더니스트들의 집일지도 모른다. 태경의 아파트 앞에는 회색 콘크리트가 그대로 드러나 있는 작은 건물 하나가 있었다. 그리고 그곳 1층에 카페가 있다.

그녀는 아침 일찍 절에 간다며 나갔고, 그곳에서 수자는 어떤 스님 한 명을 만나게 된다. 그 시각 태경은 신우를 데리고 집 밖으로 나왔다. '순수의 창문', 아파트 정문에서 몇 개의 블록을 지나면 나오는 회색 벽의 건물. 그곳 커다란 유리 창문을 보면 이끌리듯 그곳 안으로 들어가곤 하던 그였다.

태경은 그 카페에서 혼자 커피를 마시고는 했다. 조그맣고 하얀 잔을 든 채로 창문 밖을 내다보곤 했다. 그 유리의 아래에서 3분의 1 지점을 가르고 있는 것은 바다. 그곳 가장 구석 자리에 어른 한 명과 아이 한 명이 앉아 있다. 태경은 신우를 옆에 두고 앉아 창문 밖을 보며 에스프레소 한 잔을 마시고 있었다.

한쪽 벽 커다란 액자 속에는 서양인의 옆얼굴이 그려져 있고, 그 액자 속 남자의 시선 역시 창문 밖을 향해 있었다. 낡고 낮은 나무 사다리가 그 그림 옆 아래에 세워져 있고, 구석 벽에는 키가 크고 아름다운 등이 놓여 있었다. 카페 한가운데에는 동그란 테이블이 있고 그곳에는 때때로 한 무리의 여자들이 앉아 커피를 마시고는 했다.

이 카페의 주인은 유럽에서 100군데가 넘는 가게에서 커피, 에스프레소를 마시며 여행을 했고, 그때의 영감을 그대로 옮겨 담은 카페를 만들었다고 이야기했다. 말이 그렇지 사다리는 아무 의미 없는 것이라고도 설명했다. 그림은 프랑스인 친구가 그려준 것이라고 말했다. 유학을 핑계로 떠난 여행길에서 몇 군데의 학교를 다녔고, 프랑스의 어느 한 미술학교에서 만나게 된 아마추어 화가였다고 한다. 도망 속에서 만난 예술가. 그는 그와의 인연을 그렇게 표현하기도 했다.

어느 도시를 가도 문화적으로 발달된 유럽 국가에서는 좋은 카페들을 수도 없이 마주칠 수 있다고도 이야기했다. 그 중에서 최고는 길 건너편에 있는 롬바르디아 건축물을 보며 마신 에스프레소 한 잔이었다고 말했다. 그때 그는 순수를 보았다고 한다.

한편으로는 그 이름이 조금 유치하게 느껴지기도 한 태경이었다. 그러나 이내 그 뜻을 이해할 수 있게 되었다. 태경의 옆에 앉은 신우, 그 아이의 앞에 놓인 것은 초코 머핀이었다. 신우는 그것을 뜯어주는 걸 원치 않았다. 자신의 두 손에 꼭 쥐고 먹겠다는 의지를 드러내 보였다. 덕분에 아빠는 편했다.

태경은 자리를 떠나 어딘가로 향하는 신우의 모습을 가만히 지켜보고 있었다. 이제 배가 부른 신우는 카페 안 이곳저곳을 돌아다니고 싶어 한다. 모서리 벽에 있는 등 앞으로 다가가 그 앞에 기대서기도 하고, 동그란 테이블 주위를 맴돌기도 했다. 창문 구석에 쌓여 있는 몇 줄의 책에 손을 뻗어 보기도 했으며 그러다 손뼉을 치듯 팔을 움직이며 돌아섰다.

아이를 보며 손을 흔드는 사람은 대화를 나누고 싶어 하는 사람이었을지도 모른다. 그리고 그곳으로 다가가는 신우에게 카페 주인은 손을 흔들며 인사했다. 신우는 그곳 앞에서 기웃거렸다. 은빛으로 반짝이는 커피 기계를 우러러보듯 바라보고 있었다.

"들어와도 돼요."

그건 꼭 태경에게 한 말 같았다. 태경은 자리에서 일어나 신우가 있는 곳으로 갔다. 민망한 듯한 표정을 지어 보이다 신우를 안은 채 카페 주인의 공간 안으로 들어갔다. 그리고 그들은 커피 기계가 있는 곳 앞에 섰다.

"그쪽은 뜨거우니까 조심하세요."

보일러 같은 것이었다. 관을 타고 퍼져나간 기름이 아늑함을 안겨다주는 방바닥 장치 같은 것이다. 커피 기계 앞에 선 태경은 문득 느껴보지 못한 궁금증이 떠오르기 시작했다. 신우의 시선을 따라가다 보면 생기는 호기심 같은 것이었다. 커피는 어떻게 만들어지는 것인가. 진지하게 생각해본 적이 없는 태경이었다. 언젠가는 명제에게 형수한테 전해주라며 커피콩을 선물한 적이 있었는데, 이건 기계가 있어야 갈 수 있는 것 아니냐며 커피에 관한 새로운 지식을 부끄러움과 맞바꿔야 했던 기억이 있다. 물론 명제는 그 커피콩을 일단 집으로 가져갔고 그의 아내는 향기를 내는 용도로 그것을 사용하고 있다며 태경을 안심시켰지만 말이다. 그러고 보니 그곳 주

위에는 다른 몇 가지의 기계들이 있었고 태경의 눈에는 그것들이 눈에 들어왔다. 육아를 커피를 만드는 일에 비유할 수 있을까. 좋은 육아는 그럴지도 모른다.

아이와 함께 사는 것은 커피 한 잔을 마시는 일과도 다르지 않다. 나쁜 육아와는 다른 것이다. 커피는 몸속으로 들어간다. 카페인은 일정 시간이 지나면 배출된다. 신우는 누군가가 선택한 것이 아니라 누군가에 의해 선택된 존재였을 것임이 분명했다. 태경은 그 카페를 떠나기 전 약속했다. 빈 커피잔과 접시를 앞에 두고 맹세했다. 신우의 새끼손가락에 자신의 새끼손가락을 걸었다. 떠나지 않겠다고 다짐했다. 마음속으로 되뇌었다. 그 순간 둘은 서로 통하는 길을 찾으려 했던 건지도 모른다. 신우는 웃고 있었지만, 하지만 그는 울고 싶은 심정이었다.

여운에게서 연락이 왔다. 며칠이 지난 후 태경의 핸드폰으로 그녀의 문자메시지 한 통이 도착했다. 테이블 위에 놓아두었던 핸드폰이 진동했다. 주말에 함께 영화를 보고 싶다는 내용이 담긴 메시지였다.

"시간 되시나요?"

며칠 뒤 태경은 다시 똑같은 자리에 앉아서 혼자 커피를 마시고 있었다. 그러다 유리 벽 구석에 쌓여 있는 책들에 관심을 가졌고, 그것을 읽어 보았고, 다시 뒤집어 책상 위에 놓았을 때는 'Parasite Rex'라는 글자가 적힌 겉면이 보이게 됐다. 몇 분이 지난 뒤 그는 답장을 보냈다.

"네. 별일 없어요."

마치 칡과 등나무가 얽혀 있는 그림을 보는 듯했다. 핸드폰을 보고 있는 그의 눈은 혼란스러움으로 가득했다. 주말에 잡혀 있는 약속은 없었지만, 하지만 쉽사리 답장을 보내지는 못했다. 다시 문자 한 통이 도착했다.

"압구정동 CGV 앞에서 만날래요?"

약속 장소까지 먼저 정한 것과, 그리고 서로 만나 무엇을 할지도 정해 놓은 것. 무엇보다 먼저 연락이 왔다는 것에 대해서 태경은 이상함을 느꼈다. 여운이 자신을 마음에 두지 않을 거라고 여긴 태경의 그 생각 때문이었다. 아이까지 있는 남자에게 쉽게 다가올 여자가 있을까 하는 질문을 던졌다.

없다. 그런 결론에 도달했기에 당황스러운 일이었다. 그날 이후 둘은 서로 연락을 주고받지도 않았다.

토요일 그들은 압구정동에서 만나기로 약속했다. 태경은 창문 밖을 쳐다봤다. 그리고 다시 책을 폈다. 그건 칼 짐머의 책이었다. 하지만 테이블 위에서 핸드폰이 진동한 이후론 그 책 속 글자들이 눈에 들어오지 않았다. 그 소리에 그는 읽던 책을 덮어야만 했다. 다시 읽으려 해도 똑바로 쳐다보고 있기 힘들었다. 이 시대의 기생충은, 그건 어쩌면 인간이 아니라 탁자 위의 그것이었는지도 모르겠다.

토요일이었다. 태경은 전날 밤 늦도록 잠에 들지 못했다. 방 안의 불을 켰다 다시 끄기를 반복했다. 결국 오래 전 읽다 만 책 한 권을 꺼내 들었다. 어느 무명의 작가가 쓴 책이었다. 컴컴한 방 안에서 등을 비춰 책을 읽었다. 태경은 그 불빛 안에 비친 글자들을 보고 있었다. 인간이 숙주라면 그 수많은 글자들은 도대체 무엇인가.

늦은 잠에서 깼다. 그리고 그는 오후가 되어 집을 나섰다.

옷장에 있던 새 코트를 꺼내 입었다. 거울 속 자신의 모습을 봤다. 달라진 모습이었지만, 하지만 다를 것은 없었다. 그는 약속 장소로 향했다.

태경은 30분이나 먼저 그곳에 도착해 그녀를 기다리고 있었다. 태경의 손바닥은 열이 났고 땀에 젖어 있었다. 누군가가 손을 내밀어 악수를 청하면 난감해할 표정으로 그녀를 기다리고 있다. 그날 압구정동 CGV 앞에서 그녀를 기다리는 시간은 마치, 그때 그는 아주 오래 전 학교 도서관 앞에서 누군가를 기다리며 노래를 부르던 자신의 모습이 떠올랐다. 누군가를 애타게 기다리는 시간 동안 가슴이 뛰면 습관처럼 노래를 흥얼거리던 버릇이 생각났다. 대학교 때가 처음이었다. 그땐 오아시스의 노래를 흥얼거렸었는데, 이제는 그들 음악을 듣지 않는다. 오아시스의 노래를 마지막으로 들은 것은 꽤 오래 전의 일이었다. 태경에게는 그들의 노래가 기억 저편의 일이 되어 있었다. 핸드폰을 보고 있을 뿐이었다. 둥근 콘크리트 기둥에 기대어 선 태경은 핸드폰을 보고 있다 그것을 내리기를 반복하고 있었다.

뾰족한 구두가 바닥을 두드리는 소리가 들렸을 때는 빨간색 스웨터를 입은 여자 한 명이 자신의 앞으로 다가오고 있었다. 그리고 스쳐 지나갔다. 그 여자는 영화관 안으로 사라져버렸다. 태경은 다시 핸드폰을 봤다. 한 시간을 기다렸는데도 그녀는 나타나지 않았다. 유모차에 타 손가락을 빨고 있는 한 아이가 그런 태경의 모습을 보며 지나갔다. 그 뒤로 한 대의 유모차가 더 지나간다. 그 아이도 손가락을 빨며 태경을 쳐다보는 것은 마찬가지였다. 그리고 또 30분이 지났다.

한 시간, 그리고 30분 뒤, 그는 영화관 앞을 떠나 홀로 어딘가로 걷기 시작했다. 여운은 끝내 나타나지 않았다. 한 통의 메시지가 도착했다. 급한 일이 있어 갈 수 없게 됐다는 메시지였다. 태경은 답장을 보낸 뒤 큰 길로 나왔고 동호대교가 있는 쪽으로 걸어갔다. 목적지도 없이 고가도로를 따라 걸었다. 차가운 바람이 불어왔지만, 하지만 폴리에스터와 나일론으로 짜여진 외투가 그것을 막는다.

태경은 고개를 들어 고가도로의 모습을 봤다. 그 큰 도로의 한가운데에 난 길은 기둥을 세우며 서서히 올라가 공기

속에서 다리와 연결되었다. 그 풍경은 낭만적이었다. 그 광경 속을 걷는 어느 남자의 발걸음은.

압구정역 사거리 위를 지나는 고가도로와 흐린 날씨. 그 풍경을 바라보고 있던 은혜는 창문 바깥으로 지나가는 한 남자의 모습을 보다 놀라 입을 벌리게 된다.

그 여자는 2층 카페 창문을 열고 그 남자를 불러 세웠다.

"오빠!"

그 소리에 놀라 태경은 고개를 돌렸다.

'김은혜?'

태경은 카페 창문에서 자신의 이름을 부른 사람의 모습을 쳐다봤다. 카페 안에 있던 사람들도 모두 그런 그녀의 모습을 쳐다보고 있었다. 은혜였다. 하지만 태경은 그녀가 맞는지 아닌지 확신할 수 없었다.

은혜는 그가 태경인지 아닌지 확신하지 못했다. 그럼에도 그녀는 창문까지 열어 큰 목소리로 그 남자를 불러 세웠다. 그녀가 기억하는 오빠의 모습은 후드티를 입은 남자의 모습이었는데, 옷차림이 많이 달라져 있다. 그 모습은 회색적이었다. 은혜가 태경을 11년 만에 보면서 느낀 감정은 그랬다. 심각하다. 그 표정이 왜인지 낯설면서도, 하지만 그 안에 숨겨져 있는 익숙함을 느낄 것만 같았다.

둘은 같은 대학을 나온 사이였고, 하지만 졸업 후에는 서로 한 번도 마주친 적이 없는 사이였다. 은혜는 자신이 앉아 있던 곳 자리를 떠나 카페 밖으로 나오려 했다. 그 모습을 본 태경은 카페로 올라가는 계단 앞으로 갔다. 둘은 계단을 사이에 두고 정면으로 마주했다.

태경은 은혜가 있던 2층 카페로 올라왔다. 모습이 조금 달라져 있는 것은 그녀 또한 마찬가지였다. 셔츠를 입었고, 그리고 화장을 한 얼굴이었다.

“오늘 친구 결혼식에 갔다 왔거든요.”

“넌 결혼 안 해?”

카페 안에 있는 사람들은 더 이상 그녀를 쳐다보지 않았다. 두 사람의 대화에도 관심을 가지지 않았다. 왜냐면 그들의 목소리는 그곳으로까지 전해지지 않았기 때문이다.

서른이 넘어 다시 만나게 된 두 사람의 대화는 그런 것이었다. 갑작스러운 만남이었다. 그녀는 만나고 있는 남자조차 없었다. 은혜는 아직 결혼을 하지 않았다. 자신을 좋아하는 남자가 없는 것 같다며 농담을 했다. 웃을 만한 이야기는 아니었다.

"은미도 잘 지내죠?"

낯선 가수의 목소리. 하지만 익숙하게 들려오는 멜로디. 카페 안에서 들려오는 음악 소리는 누군가의 노래를 다시 만들어 부른 가수의 노래였다. 제목은 '일기'였다. 태경의 귀에는 그 노래가 희미해서 들릴 듯 말 듯했다.

그리고 은혜는 태경에게 은미에 관한 질문을 하게 된다. 그녀의 안부를 물었다.

"잘 몰라."

태경은 대수롭지 않은 듯 이야기하며 고개를 떨궜다. 이내 고개를 다시 들며 웃어 보였다. 잔 속에 있던 얼음들이 움직인다. 그는 빨대로 그것들을 움직였다. 은혜가 머금고 있던 미소는 그 잔 속 얼음처럼 딱딱해져 있었다. 태경은 은미가 어떻게 살고 있는지를 잘 모르고 있었다.

"오빠, 제가 그런 생각은 전혀 못했네요."

그 사실을 알게 된 건 친구 정석으로부터였다. 태경이 은미와 결혼하게 되었다는 사실을. 몇 년 전 은혜는 둘의 결혼 소식을 들었다. 하지만 정작 태경으로부터 돌아온 대답은 헤어짐이었다.

갑작스레 어색해진 둘 사이였다. 웃어 무마해보려 해도, 미안해해도, 숨길 수 없는 것들이 있었다.

"정석이는 잘 지내?"

태경은 이제 반대편에 있는 다른 인물에 대한 이야기를 한다.

"외국에 나가 있어요. 회사 일로. 걔는 일본 여자 만나서 결혼할 건가 보더라고요."

그는 지금 일본에 있다.

이상하다는 생각이 들지도 모르겠다. 태경도 은혜도, 시간이 새로운 길을 만들고 어느 정도 하늘을 가리기도 하며, 또 원래 있던 것을 다른 곳으로 옮겨 놓는 일조차 가능하다는 것이. 하지만 나무는 본래 자신이 박혀 있던 땅의 흙을 같이 가져오지 못하면 죽게 되는 것이었다. 지금 그가 돌아오기를 기다리는 여자, 수자의 운명 또한 그런 것과 마찬가지였는지도 모른다.

태경은 더 이상 추억 같은 것조차 없어 감정이 메말라만 가는 인간이었는지도 몰랐다. 하지만 은혜의 얼굴에서는 어떠한 기쁨도 슬픔도 오래도록 머물다 깊이 새겨지지는 않을 것만 같았다. 어쩌면 그 중간 어딘가에 머무르는 존재였을지도 모른다.

그 때 신우는 수자의 화장대 앞에서 화장 도구를 가지고 놀다 수자를 화가 나게 만들었다. 신우가 립스틱을 부러뜨렸다. 그 립스틱은 수자의 것이었다. 그녀가 자신의 입술에 색깔을 칠하는 도구를 신우는 장난감처럼 가지고 놀다 부러뜨린 것이다. 거실 소파에 앉아 핸드폰을 보고 있던 수자는 방문 틈 사이로 들리던 신우의 움직이는 소리가 더 이상 들리지 않는 것에 이상함을 느껴 방으로 가보았는데, 문을 열어젖히자 신우는 그것을 손에 쥔 채로 자신을 보며 슬며시 입꼬리를 올리는 것이 아닌가. 수자는 그 모습에 결국 화를 내 버리고 말았다.

신우는 몇 초를 멍하니 있다 끝내 울음을 터뜨렸다. 그녀는 불안했다. 그때야 수자는 자신이 신우를 울렸다는 사실을 알아차리게 되지만, 이미 그녀의 생각은 다른 곳에 가 있어 본인 스스로가 초조함에 빠져 있다는 사실조차 인지하지 못하는 상황이었다. 그녀는 거실 벽에 걸린 시계를 반복하여 쳐다보고 있었고, 창문 바깥의 풍경이 점점 어두워져 가는 것을 보면서 본능적인 두려움을 느끼고 있었다. 그리고 그녀의 두 눈은 다시 핸드폰을 보게 된다.

"그랬군요."

그러나 그 여자의 표정은 불안함을 떨쳐버린 뒤였다. 이미 오래 전 일인 것처럼 모두 잊은 듯했다. 왜인지, 태경의 이야기를 듣고 있던 은혜의 얼굴 표정은 그에게서 전해진 나쁜 소식이 어두운 조명 아래에서 읽히는 사연처럼 들리지는 않았다. 그녀에게는 새로운 기회였을지도 모르니까 말이다.

신우는 울음을 멈추지 않았다. 그리고 수자는 그 울음을 멈추지 못했다. 신우의 목청이 상하지는 않을까. 마치 수도꼭지를 틀어놓고 잊은 듯, 그리고 그것을 확인한 뒤에야 밀려오듯, 지금 그녀의 기분은.

태경은 핸드폰으로 시간을 확인했다.

"잠깐만, 전화 좀 하고 올게."

그리고 태경은 통화 버튼을 눌렀다. 자리에서 일어서며 화장실이 있는 쪽으로 갔다. 수자의 핸드폰으로 그에게서 전화가 걸려왔다. 수자는 손에 쥐고 있던 핸드폰 화면에 태경의 이름이 뜨자 곧바로 통화 버튼을 눌렀다.

그건 은혜의 귀에까지 전달될 정도로 큰 소리였다. 어렴풋이 아이 우는 목소리가 들렸다. 자리에서 일어나 멀어지던 태경의 핸드폰 너머에서 아이의 울음소리가 들려왔다. 태경은 더욱 빠른 걸음으로 화장실이 있는 쪽으로 향했다. 은혜는 그 모습을 가만히 쳐다보고 있었다. 손으로 화장실 문을 열려고 했지만, 하지만 누군가가 먼저 문을 열고 나왔다. 태경은 몸을 비틀어 벽 쪽으로 기대섰고 그 남자가 지나간 뒤에야 화장실 안으로 들어왔다. 하늘색 셔츠를 입은 남자는 화장실로 들어오던 그 남자의 핸드폰에서 신우의 울음소리를 들었다.

은혜는 짐작했다. 태경의 딸이 울고, 그 아이를 감당해내지 못하는 자의 존재에 대해서도 어느 정도 직감했다. 직감이란 어쩌면 반복되는 경험 속에서 얻어지는 것일지도 모른다. 은혜는 아이를 가진 누군가의 하루, 생활을 그려본 적이 있었다. 그리고 그것이 순탄치만은 않을 것이라는 생각을 해보기도 했다. 가끔씩 떠올리고는 했다. 마지막 떠올림은 벌써 몇 년이 지난 듯 아득한 곳에 있었다. 끝내 행복하리라 믿었다.

태경은 수자에게 자신의 딸이 우는 이유에 대해서 묻지 않았다. 그저 잘 달래달라고 말할 뿐이었다. 태경은 통화를 끝내고 화장실에서 나왔다. 그리고 자리로 돌아오면서 창가에 앉은 은혜의 옆모습을 보게 되었다.

"가보셔야겠네요."

자리에 앉는 태경의 모습을 보며 은혜는 이야기했다. 심각한 얼굴에 미소를 덧씌운 표정으로 말이다. 가봐야 했다.

"미안하다. 같이 있어줘야 하는데, 내가 없어서 그런가 봐."

1992년의 콩뜨엉

태경은 자신에게 딸이 있다고 말했다.

"이혼하고, 한동안 혼자 보다가, 어머니가 도와주시고."

그리고 말끝을 흐렸다. 은혜는 그 흐려진 말끝 뒤에 이어질 단어들을 찾고 싶어 했다. 그와 눈을 마주치고 있음에도 한쪽 머리에서는 다른 생각들이 떠오르기 시작했다. 이내 끊어 버렸다.

"그랬군요. 지금은 집에서 어머니가 아이 봐주시고 계세요?"

끝내 동남아시아인 가정부를 고용했다고는 말하지 않았다. 그 사실을 알리지는 않은 태경이었다.

"오빠 닮았어요?"

그런 질문을 하는 것은 힘든 일이었을 테지만, 은혜는 물었다. 힘겨운 미소를 지은 채로 궁금해 했다. 그럼에도 신우가 더 이상은 그녀와의 추억을 떠올리게 하는 존재는 아니었을 테니 미소짓지 않을 이유가 없었다. 그 아이를 생각하면 감출 수 없는 표정이 있었다.

"은미 닮았어. 딸은 아빠 닮는다고 하던데, 신우는 엄마 얼굴을 많이 닮았지. 그래도 성격은 나랑 비슷한 것 같아. 활발한데, 잘 토라지기도 하고."

태경은 문득 시간을 확인했고, 그리고 전화를 해봐야겠다며 통화 버튼을 누르며 자리에서 일어섰다. 은혜는 과연 수자의 존재를 직감했던 걸까. 아니면 그 통화의 상대가 태경의 어머니일거라고 생각했던 걸까. 그렇게 믿기로 했을까.

그건 중요한 것이 아니었는지도 모른다. 어쨌든 달라지는 것은 없을 것이라고 생각했을 테니까 말이다. 하지만 그가 처한 상황은 많이 변해 있었다. 태경은 집으로 돌아가야 했고, 은혜와 헤어진 뒤 그곳을 나왔다. 돌아왔을 땐 신우도 울음을 그치고 아무 일 없었다는 듯 집안 여기저기를 돌아다니며 흔적을 남기고 있었다. 그 흔적을 지우는 것은 수자의 몫이며, 그럼에도 지울 수 없는 흔적들이 여전히 남아 있었다.

집으로 돌아오는 길 버스 안에서 은혜는 오늘 있었던 일들을 떠올리며 창문 밖 풍경을 보고 있었다. 무엇이 풍경이고 무엇이 현재의 상황인지 알 수 없었다. 졸다 눈을 떠 지금 이 버스가 어느 곳을 지나치고 있는지를 확인하는 일만큼 덜컥댔다. 도시에 사는 사람들의 성격은 내려야 할 곳을 지나치면 큰일이 일어났다는 생각을 할 만큼 여유 없는 것이었다. 어느 곳에 내려도 자신의 기분에 맞추며 살기로 했던 그녀의 삶이 다시 한 번 초조해지는 순간. 눈을 뜨면 다른 풍경이 펼쳐지고 또 눈을 떴을 땐 다시 다른 장면으로 이어지는 것.

신호등의 빨간 불에 버스는 멈췄다. 횡단보도를 지나가는 사람들의 걸음이 바삐 오고 갔다. 은혜는 그 모습을 가만히 지켜보고 있었다. 도시는 영화 촬영장과 같은 곳이고 누구든 그곳에서 주연이 될 자격이 있다. 최고의 연기를 펼쳐 보여라.

수자가 한국으로 오기 전 유일하게 걱정했던 것은 전쟁이었다. 전쟁이 일어나면 어떡할까. 비행기가 날아와 폭탄을 떨어뜨리고 모든 집들을 파괴하면 어떻게 하나. 침대 위에 누워 상상했다. 그런 끔찍한 생각을 하면 잠이 달아나버리고는 했다. 그리고 다시 잠들기까지 몇 번을 뒤척여야만 했다. 하지만 그건 그곳으로 가는 설렘 때문이었을지도 모른다.

하늘에서 굉음이 들렸고, 수자는 깜짝 놀라 베란다로 나가 창문 밖을 내다봤다. 비행기 몇 대가 하늘을 지나고 있었다. 아파트 건물들 사이로 그 모습이 나타났다 사라지며 그러기를 반복하고 있었다. 에어쇼였다. 그날은 국군의 날이었다. 무지개 빛깔의 긴 구름들이 맑은 하늘 위에 선을 긋고 있었다.

전쟁은 일어나지 않았다. 전쟁은 일어나지 않았지만, 하지만 사투는 계속된다. 빨래통을 확인했고, 신우가 저녁에 먹을 음식을 만들기 위해 냉장고 안을 살펴야 했다. 달걀이 가득했으며, 야채 박스 안에 있는 몇 가지의 채소들이 그녀의 눈에 들어왔다. 수자는 프라이팬을 버너 위에 올려놓으며 고민했다. 고심 끝에, 수자는 비빔밥을 만들기로 결정했다. Nathan의 집에서 배운 것이었다. 고추장은 신우가 먹을 수 없으니 간장으로 양념을 만들 생각이었다. 야채를 채썰어 볶을 생각이었고, 그 전에 그것들을 먼저 씻기로 결정했다. 수자는 그때를 떠올렸다. 준희는 그때 참기름은 비빔밥에 빠져서는 안 되는 것이라고 이야기하며 강조하고 또 강조했다.

거실에는 Harry Styles의 노래가 흘러나오고 있었고, 태경은 거실 바닥에 앉아 그의 노래를 들으며 카메라 한 대를 박스 안에 집어넣고 있었다. 신문지를 구겨 카메라 주위에 빽빽하게 채워 넣었다. 한 장을 구기면 신우가 그것을 가져가고, 또 가져갔지만 말이다. 신우가 아빠의 얼굴에 그 동그란 뭉치 하나를 던진다. 태경은 쓰러지는 시늉을 했다.

"으악!"

그 남자는 곧 그 자리에 쓰러져 버렸다. 거실 바닥에 누운 태경은 총에 맞아 쓰러지는 한 남자의 모습이 생각났다. 그때 그 사건이 떠올랐다. 지난해의 일이었다. 여자 경찰이 시민에게 총을 쏴 그를 죽게 만든 사건이었다.

태경은 1년 전의 그 일을 정확하게 기억하고 있었다. 왜냐면 다른 나라에서도 관심을 가질 만큼 큰 이슈가 된 사건이었기 때문이다. 그로부터 1년이 지났다. 한 남자가 편의점에서 난동을 부리다 신고를 당했고, 곧 도착한 경찰들과 말다툼을 벌이면서 편의점 한편에 놓여 있던 도구를 사용해 경찰을 위협했던 것이다. 세 명의 경찰이 도착했고 그 중 한 명은 여자였다. 태경은 카메라를 포장하다 말고 앉아 핸드폰으로 그 CCTV 영상을 다시 한 번 찾아봤다. Sign of the times는 멈췄다.

여자 경찰은 순간 허리춤에 차고 있던 총을 꺼내 들었고 그를 향해 겨누었다. 그 남자의 몸짓은 더욱 격렬해졌다. 편의점 카운터에 있던 여자는 허리를 숙여 두 손으로 머리를 감싼 채 문밖으로 달아나고 있었다. 남자의 저항은 계속됐다. 하지만 몇 초 뒤 그는 그 자리에 쓰러져 버렸다.

그 딱딱했던 덩어리가 힘을 잃고 쓰러지는 모습이 카메라에 담겼다. 영상이 멈췄다. 다시 보든, 연결되는 다른 영상을 보든 그건 태경의 선택이었다. 하지만 그는 선택하지 못했다.

선택할 수 없었던 것이다. 그건 마치 영화에서나 볼 수 있을 폐쇄회로 화면 속 한 장면 같았다. 편집이 가능한 장면일지도 몰랐다. 여자 경찰은 정말로 쓸모없는 것인가. 범인을 제압할 수 없는 힘과, 쫓아갈 수 없는 다리. 그들은 범인들을 추격할 수 없고 또 다룰 수 없는 존재일까. 그렇다면 그들은 더욱 무장하게 될 것이다. 총을 차고, 그것을 꺼내고, 조준하게 될 것이다.

태경은 앉은 자리에서 이 사건과 관련된 영상을 몇 개씩이나 찾아봤고 이 사건에 대해 논하는 사람들의 이야기도 다시 듣게 되었다. 김 모 여경의 과잉진압은 사회의 요구에서부터 비롯된 폭발이었다. 방아쇠는 이미 당겨진 것이었다. 어느 사회학과 교수가 한 말이었다. 태경은 그 사람을 알고 있었다. 그가 나온 대학의 교수였기 때문이다.

그 자리, 그곳에서 죽은 남자는 베트남 이민자의 아들이었다. '콩뜨엉', 그 여자의 이름이었다. 그를 낳은. 그녀는 1992년 한국으로 건너온 하노이 태생의 여자였다. 그로부터 28년 후, 2020년. 그가 낳은 아들이 여자 경찰이 쏜 총에 맞아 숨을 거뒀다.

태경은 다시 신문지를 구겼다. 그리고 박스 안에 집어넣었다. 그 신문지 뭉치들은 플라스틱 덩어리 카메라를 보호해줄 수 있을 것이다. 태경은 제주도에 있는 동생에게 그 카메라를 보내기로 했다. 필름 카메라였고 펜탁스 p30n 모델이었다.

신우는 무엇도 상상하지 못한다. 삼촌의 얼굴이 어떻게 생겼는지도 떠올리지 못할 것이다. 태경은 그 필름 카메라를 자신의 동생에게 주기로 했다. 명백한 디지털의 시대였고, 더 이상은 그것을 미련처럼 간직할 수 없게 되었다.

어제 태경은 수자가 해준 비빔밥을 먹고 일찍 잠이 들었다. 그 오색의 음식이 그를 안정시켰던 걸까. 어제는 술을 마시지 않았다. 늦은 밤 놀이터 한구석에서 담배 연기를 피워 올리지도 않았다. 머리는 맑았고 눈은 선명했다. 광고물 하나를 보게 되었다. 평화로운 출근길, 하지만 손도 제대로 두기 힘든 지하철 안에서 어느 한의원 광고를 보게 된다.

눈이 침침하거나 이물감을 느끼면 그건 오장육부가 건강하지 못하다는 증거. 태경은 그 원리에 대해 조금씩 알아가고 있었다. 한의사로부터 배운 것들을 스스로 연구하며 깨우쳐 가고 있었다. 그때의 질문들이 답이 되어 돌아오기 시작했다. 사람들의 눈은 왜 그 광고물을 보게 되는 걸까. 왜 그곳으로 시선을 두게 되는가. 내 몸 속 장기들이 튼튼하지 못하기 때문일 것이다. 같은 결론이었다. 광고는 이물질이다. 몸이 건강한 사람들은 그 열차 속 한의원 광고를 보지 않을지도 모른다.

사람들의 눈은 모두 핸드폰을 향해 있었다. 이물질 투성이의 장난감 속에 모두 정신이 팔려 있는 것은 아닌지. 어디를 보든 마찬가지였다. 백이 없다.

텅 비어 있던 자리에 처음 보는 사람이 앉아 있다. 태경의 회사에 수습사원 한 명이 들어왔다. 회사에 도착한 태경은 사무실 출입문 왼쪽 자리에 낯선 얼굴의 여자 한 명이 앉아 있는 것을 봤다.

“하태경! 여기 새로 온 친구. 너 학교 후배야!”

벽을 등진 자리에 앉아 있던 아람은 태경에게 그를 소개했다. 아람은 선후배 관계를 중요하게 생각하는 사람이었다. 선배는 후배를 이끌어줘야 하고, 후배는 선배를 따라가야 한다는 그만의 확고한 철학이 있었다. 경쟁을 부추기는 자신만의 방식이었는지도 모른다. 태경은 잠재적 경쟁자를 향해 미소를 지어 보였다.

"저, 회사에서 학교 동문 처음 만나보네요."

"미안해."

그리고 덧붙였다.

"인사는 사람을 보고 하는 거잖아."

그곳에는 학연과 지연이 없었다. 모두 그곳에서 처음 만난 사람들이었다. 무엇으로도 연결되어 있지 않았다. 다만 회사를 이끌어가는 두 사람이 부부 관계이기는 했다.

"태용 선배는 출장 가셨죠?"

태경의 가까운 자리도 비어 있었다. 명제 역시 아직 회사에 출근하지 않은 상태였다. 그는 점심시간이 지나서야 출근했고, 월요일의 그의 첫인상은 별로 좋아 보이지 않았다.

한쪽 손에 가방을 들고 그것을 자신의 책상 위에 내려놓은 명제는 풀썩 의자에 등을 기대앉았다. 명제는 자신이 만나고 온 고객에 대한 이야기를 하며 한숨을 내쉬었다. 자신은 집 안의 모든 방을 네모난 상자처럼 만들어 복도를 미로처럼 만들고 집 속의 집들을 표현하고자 했는데 건축주는 그걸 원치 않는다는 것이었다. 그런 구조는 더 다양한 공기의 흐름을 만들고 아이들의 창의성까지 성장시킬 수 있다 이야기했지만 끝내 설득시키지는 못했다고 한다.

"자기는 클래식한 게 좋대. 그럼 아파트 가서 살지 뭐 하러 주택을 지어?"

태경은 웃었다. 그건 평소 명제가 하고 싶은 디자인이었고 설계였다. 건축은 이상이 현실을 만날 때 좌절되는 것이고는 했다. 그건 언젠가 태용이 태경에게 해준 말이기도 했다.

"식사는 하셨어요?"

"혼자 햄버거 하나 먹고 들어왔다."

"저런!"

벽 앞의 아람은 고개를 내저었다. 수습사원의 시선은 오른쪽과 왼쪽을 오가고 있었고, 그러다 미소지었다. 명제는 수습사원을 향해 고개를 끄덕이며 미소를 지어 보였다.

"너 후배 잘 챙겨야겠다."

"그런 건 형이 잘하시잖아요."

태경의 그 말이 얄밉게도 들렸을 명제다. 하지만 태경이 그에게도 주는 도움들이 있었다. 보다 많은 생각과 아이디어들 말이다.

"그런데, 너 걔 만났어?"

"아니요."

태경은 명제에게 여운에게서 온 연락에 대해서 이야기하지 않았다. 토요일에 있었던 일에 대해 그는 말하지 않았다. 그 메시지는 어쩌면 그에게는 충격이었을지도 모른다. 하지만 더 이상 신경 쓰지 않았다. 씁쓸한 표정 같은 것을 지으며 대답하지 않았다. 태경은 웃었다.

"넌 그냥 여자가 만나기 싫구나."

명제의 그 말은 단념적이었다. 단념했다.

하지만 은혜를 만난 뒤로 품게 된 생각은 끊어지지 않는 것이었다. 태경은 컴퓨터를 보고 있으면서도 다른 것에 시선을 뒀다. 눈, 그리고 셔츠 깃과 손. 단편적인 이미지들이 그의 머릿속에서 나열됐다. 손가락에 끼워진 반지와 셔츠 사이로 드러나 보인 목걸이. 그녀의 눈을 본다. 그리고 그녀의 입술을 보고 있다 다시 시선을 위로 올린다. 수자. 아니, 수자라는 단어는 말하지 않았다. 그리고 신우의 울음소리.

태경은 은혜와의 만남을 지우지 못하고 있었던 건지도 모른다. 그 모습이 눈앞을 떠나지 않아 어디에도 집중하지 못하고 있었던 건지도 모른다. 그게 아니라면, 그건 아마도 수습사원의 존재 때문이었을 것이다.

명제는 홍대 앞에서 누구를 만나기로 했다며 그를 태워주겠다고 했다. 회사를 마친 태경은 명제의 차에 올랐다. 그의 차는, 가정이 있는 남자의 차 안이라기에는 무척이나 개인적인 공간처럼 보였다. 뒷좌석에는 유아용 시트도 없었고, 가족의 사진 같은 것은 아예 걸려 있지 않았다.

"트렁크에 넣어놨어. 여기가 진짜 내 공간이지."

"형수는 차 한 번씩 안 쓰세요?"

뒷좌석을 보고 있던 태경은 고개를 돌려 물었다.

"운전하는 거 무서워해. 조그만 차라도 하나 사주겠다니까 필요 없대. 그 대신에 새로 나온 노트북을 하나 사줬지."

차선을 바꾸기 위해 사이드 미러를 보는 명제였다.

"그런데, 가정부는 어때?"

그러다 물었다.

"뭐…"

태경은 말을 얼버무렸다. 일을 잘하고 있다고 해야 하는 건가. 혹은 건강하게 잘 있다고 말해야 하나.

그 말에 태경의 얼굴에서는 웃음기가 사라져버리고 말았다. 그리고 이내 근심 가득해졌다. 밀려오는 걱정이 먹구름 가득한 날씨라면, 자신은 그저 쨍쨍하기만 한 하늘을 바라보고 있었던 것이다. 반은 하늘이고 반은 날씨다.

명제는 그 표정을 보지 못했다. 하지만 몇 초간의 침묵이 있었다. 그리고 이어졌다.

"그런데 형. 그 동남아 가정부 인력 소개해주는 사이트 어떻게 알게 됐어요?"

그 사이트에 대한 정보는 명제에게 자신의 집 건축을 의뢰한 사람에게서 전해 들은 것이었다. 그의 고객이었다.

"햄버거 사업하는 사람. 온 더 버거."

햄버거와, 그 위를 걷는 도시 남자의 로고로 유명한 햄버거집이었다. 그는 전국에 70여 개의 지점을 두고 있는 햄버거 프랜차이즈 회사를 운영하는 남자였다.

"대단한 게, 뉴욕이랑 LA에도 지점이 생긴다고 하더라."

태경은 그 인터넷 기사를 봤다. '외식산업계의 봉준호를 꿈꾸다'라는 제목의 기사를 읽은 적이 있었다. 뤼미에르. 스클라다노프스키. 영화 산업의 시작을 알린 사람들이다. 모두 형제들의 이름이었다. 그리고 비오스코프와 시네마토그래프. 최초의 영화로 불리는 「뤼미에르 공장을 나서는 노동자들」은 1895년에 상영됐다. 하지만 스클라다노프스키 형제가 비오스코프로 만든 영화가 그들 영화보다 2개월가량 앞섰다는 기록이 있다. 영화는 어디에서부터 시작된 것인가.

온 더 버거의 뉴욕과 LA로의 상륙 일정은 2021년으로 결정됐다. 그의 사업은 성공가도를 달렸고, 기세를 몰아 연희동의 한 오래된 건물을 사들여 그곳을 10대만의 공간으로 꾸며 새로운 트렌드를 이끌고 있었다. 온 더 버거와 아이스크림 가게, 옷가게들과 노래방, 식당가. 그리고 가장 꼭대기층에는 그들만의 라운지도 있었다. 육중한 콘크리트와 아름답게 휘어져 있는 유리 창문들. 그 건물의 이름은 재건축 설계를 맡은 사람의 이름을 따 만들었고 그곳은 10대들의 정신을 위로해주는 건축물로 자리잡고 있었다.

그리고 그는 명제에게 자신의 집 건축을 의뢰했다.

"자기는 그런 곳에 집 짓고 사는 게 꿈이었대. 그 사람 참 멋있는 사람이야. 여유 있고. 어제 인스타그램 보니까 뉴질랜드 소 농장에 간 사진이 올라와 있던데. 부러워."

그로부터 알게 된 정보였다.

"자수성가의 표본이지. 자기 능력으로 돈 벌어서 그렇게 집을 지었거든."

언덕 위의 집, 그 커다랗고 투명한 창을 통해 보는 세상은 과연 어떤 모습일까.

태경은 창문 밖을 바라봤다. tser, 총 태양에너지 차단율

64%의 창문으로 인해 하늘은 회색빛에 가까웠고, 뿌연 날씨 탓에 저 멀리 빌딩들의 모습이 제대로 보이지 않았다. 그 남자는 자신의 방 책상 앞에 앉아 잠시 하늘을 바라보고 있었다. 둘은 누구도 서로를 알아차리지 못한다. 멀고도 먼 거리에 있었다. 건축가는 창문 안의 남자를 본다. 그 남자는 창문 안을 보고 있는 어느 건축가의 모습을 본다. 다가갈 수 없고, 다가가도 보이지 않는다. 하지만 둘은 서로의 존재를 인지하게 되었을지도 모른다. 찰나의 순간에 말이다.

태경은 그곳에서 은혜를 기다리고 있다. 어느 아파트 상가 앞이었다. 여전히 흐리고 뿌연 날씨였다. 다음 날 그는 회사를 마친 뒤 신천동으로 갔다. 상가 안에 있는 감자탕집에서 밥을 먹기로 했다. 은혜와의 약속이었다. 지하철을 탔다.

잠실나루역에서 내렸다.

"정석이 일본에서 온다는데 같이 만나요, 오빠!"

열려 있는 식당이다. 그곳은 편백나무로 된 판자를 세워놓고 가게마다 구분을 지어 놓은 곳이었다. 편백나무에서 나오는 피톤치드는 벌레나 해충의 접근을 막는다고 알려져 사람들에게 인기가 좋지만 그건 주로 잎에서 나오는 것이기 때문에 편백나무 판자가 사람들을 벌레나 해충으로부터 보호해 주는 것은 아니었다.

"오빠!"

태경은 판자에 남겨진 종기가 뽑혀 나간 자국들을 보고 있었다. 그 자국들은 검고 동그랬다. 마저 이야기하면 피톤치드액의 남용은 호흡기 질환을 일으킬 수 있다는 보고도 있다.

"무슨 생각 해요?"

혹시나 신우를 걱정하고 있는 것은 아닌지.

"아이는, 어머니가 봐주고 계세요?"

태경의 눈에서 그 자국들은 희미해졌고, 그의 시선은 다시 은혜의 눈동자로 향하게 되었다. 궁금증이 있었다. 그녀의 눈빛에는, 하지만 은혜는 아직 수자라는 존재에 대해서 알지 못한다.

"아니. 한동안 어머니가 봐주시다가, 사람 구했어."

"다음 달에 일본에서 결혼식 올린다고 하더라고요."

"정석이?"

태경은 그가 대학을 졸업하고 얼마 뒤 일본으로 갔다는 소문을 들었고, 때문에 길거리에서 서로 마주칠 일도 거의 없는 사이였다. 오랜만에 듣는 이름이었다.

"오빠는 걔 본지 오래됐죠? 그 전에 한국에 와서 사람들 만난다고. 결혼할 사람이랑 같이 온대요."

그때 반찬들이 올려졌다. 두 가지 종류의 김치와 아직 몇 방울의 물기가 남아 있는 고추. 그리고 양파와 마늘이 장과 함께 식탁 위에 놓였다. 주인 아주머니의 손은 가스버너를 올리며 큰 냄비를 놓을 공간을 마련해 놓았다. 그리고 떠났다.

"정석이는 회사 다녀?"

"네. 무역 회사에서 일하나 보더라고요. 이제 경력도 좀 될 거예요."

태경은 고개를 끄덕였다. 그리고 물었다.

"그런데, 구로세무서가 왜 영등포에 있어?"

"아, 곧 이전할 거예요. 구로구가 원래 영등포구에 속해 있었잖아요. 그러다 떨어져 나온 거죠."

그곳은 은혜의 직장이었다. 한편 영등포세무서는 위치를 옮겨 어느 예식장 건물로 이전해 들어갔다. 그 예식장이 세금 대신에 건물을 물납한 것이었다.

"문래동에 김치찌개 맛있는 집 있는데. 영단주택 알죠? 전 그쪽에서 주로 점심 먹거든요."

그곳은 조선주택영단에서 지은 건축물들이 남아 있는 곳이었다. 슬레이트 지붕과 좁은 골목길들. 일제시대 때 조선총독부가 군수업체 노동자들을 재우기 위해 만든 집들이었다.

"다음에 같이 한 번 가자. 그런데, 명제는 일본 여자랑 결혼해?"

그는 결국 일본 여자와 결혼까지 하게 되었다. 은혜는 태경에게 그 일본인 여자의 이름까지 알려주었다.

정석은 언제나 여행을 꿈꿨다. 태경은 떠올렸다. 정석은 대학 시절부터 다른 아이들과는 조금 달랐고, 그는 그게 그 이름 탓은 아닌지를 생각해본 적도 있었다. 특히 무라카미 하루키의 책을 읽고 난 뒤에 그것에 대해 이야기하기를 좋아하는 아이로 태경은 기억했다.

"정석이답네."

그는 자신만의 관점이 있었고, 다른 아이들이 정치에 관한 이야기를 하며 편을 가를 때도 홀로 어느 곳에도 서지 않은 채 3인칭 상실의 시점으로 그 일을 바라보고는 했다. 태경은 그가 입을 열 때는 아무런 말도 하지 않고 그의 입에서 어떤 단어들이 흘러나오는지를 주목했다. 그리고 몇 년이 지난 후였다. 태경에게는 새로운 취미가 생겼는데, 그건 영화를 보는 것이었다.

은미와 함께 극장에서 봤던 「가족의 탄생」을 DVD방에 혼자 들어가 다시 보기도 했고, 한국의 그런저런 영화들에 흥미를 잃기 시작할 때쯤 해외 영화제에서 수상한 한국 감독들의 작품에 빠져들기도 했으며, 그리고 영화제에서 주목을 받은 다른 국가들의 영화에도 관심을 두기 시작했다. 크리스티안 문쥬, 아쉬가르 파라디. 그리고 이제는 안드레이 줄랍스키의 영화 「포제션」을 보기에 이르렀다. 물론 처음 그 영화를 봤을 때는 몸서리쳐질 만큼의 끔찍함을 느꼈지만 말이다. 끝내 그 모든 영상들을 모두 감당해내고 난 뒤에는 그에게 보상이랄 만한 것이 손에 쥐어졌는데, 그건 외계인은 전쟁을 원하지 않는다는 사실이었다. 그 한 문장으로 함축된 깨달음은 스스로도 소유하기 벅찰 만큼 너무도 커다란 것이었다.

그리고 아쉬가르 파라디의 「씨민과 나데르의 별거」는 태경에게는 평생 잊힐 수 없는 작품 중에 하나로 남았다. 씨민과의 별거를 선택한 나데르. 그는 치매에 걸린 아버지를 돌보기 위해 간병인 라지에를 고용한다.

"오빠 딸은, 가사도우미 같은 사람 고용한 거예요?"

"응. 내년부터는 어린이집에 보내야지."

라지에. 그녀에게는 남편이 있었다.

"아기는 잘 커요?"

태경은 핸드폰으로 시간을 확인했다. 지금 시각은 7시 16분이었다.

신우 이야기에 태경은 그만 웃음을 짓고 말았다. 하지만 그건 슬픈 표정이기도 했다. 지금 이 순간 그의 감정은 완벽히 그 사이에 놓여 있다.

"말을 조금씩 하기 시작하는데, 귀여워."

하지만 그런 이야기를 하면서도 핸드폰을 꺼내 그 아이의 사진이나 그 아이가 말하는 모습이 찍힌 동영상은 보여주려 하지 않았다. 그저 웃을 뿐이었다. 그때 식당 아주머니가 감자탕을 내왔다. 태경은 소주를 한 병 시켰다. 여전히 술을 많이 마시는 남자였다. 뚜껑을 돌려 열고, 그리고 따라주겠다는 자신의 말도 듣지 않은 채 홀로 술을 따르는 그의 모습을, 그 모습을 그저 지켜보고만 있을 뿐이다.

"우리 동아리 멤버들 중에 결혼 안 한 사람 나 말고 있을까요?"

은혜는 자신의 잔에도 술을 따라 달라고 이야기했다. 그리고 말했다. 그들은 음악 감상 동아리의 멤버였다. 음악을 듣고, 그리고 그것에 대해 논하는 모임이었다. 같은 목적을 가진 한 무리의 사람들, 그 중 한 명 그리고 또 한 명이었다. 그리고 또 한 명이 있었다. 은미 역시 그 동아리의 멤버였다.

"헤어진 사람은 여기 있네."

자조적인 말처럼 들렸다. 은혜에게는 그 말이 마치 스스로를 비웃는 소리처럼 들렸다. 은혜는 할 말이 없었다. 하지만 그건 태경의 진심이었다. 이제 드러내 보일 수 있고 표현해 보일 수도 있는 감정이다. 하지만 결국 소주 한 잔을 들이켜고 만다.

그럼에도 태경은 더 이상 국물 맛에 심취하거나 하지는 않았다. 은혜는 그 모습을 기억했다. 태경은 그것이 자신의 병을 키웠다고 생각했기에 외면했던 것이다. 고혈압의 시작이었다. 아니면 이 사회의 압력 속에 살며 저절로 얻게 된 증상이었는지도 모른다. 극심한 두통에 병원을 찾게 된 건 그가 스물일곱 살 때의 일이었다.

태경은 그때 머리가 너무 아파 병원을 찾았는데 고혈압 증상이 있다는 진단을 받게 되었다. 대학을 졸업하고 난 뒤 받은 첫 번째 충격이었다.

"이 집 감자탕 맛있죠?"

은혜는 끓어오른 감자탕의 국물을 맛봤다.

"오빠 감자탕 좋아했잖아요."

태경은 감자탕을 좋아했다. 하지만 더 이상 좋아하지 않기 위해 노력했다. 그럼에도 김치찌개의 국물을 맛보는 일은 포기할 수 없었지만 말이다.

그때 의사는 혈압 측정기를 건네며 일주일간의 통계를 바탕으로 자신의 두통이 고혈압에서부터 비롯되는 것인지 그렇지 않은 것인지에 대해서 분석해보겠다고 했다. 의사의 책상 위에는 쌍둥이 딸의 사진이 액자로 장식돼 놓여 있었고, 그녀는 그 사진 속 아이들의 엄마인 것처럼 보였다. 갑작스럽게 체중이 불어난 것은 아닌지, 하지만 그렇다고 하기에는 그의 모습이 살쪄 있는 것은 아니었다. 술과 담배는 하는지, 한다면 어느 정도를 하는지에 대해서도 물었고 궁금해 했다. 태경은 모두 다 한다고 대답했다. 하루 한 갑, 그리고 일주일에 두어 번 정도 술자리를 가진다고 이야기했다. 그럼에도 의사는 그 남자의 나이가 아직 너무 어리다고 생각했던 건지도 모른다. 한심해하지 않았고, 그렇다고 해서 간단하게 해결될 문제라고 생각하는 것은 아니었다. 마지막으로 물었다. 그 의사는 태경의 가족력을 의심했다. 부모님이나 형제 중에 고혈압 증세를 앓고 있는 사람은 없는지 물었다. 자리에서 일어서려던 태경은 완전히 등을 돌리지 못한 채 비스듬한 자세로 앉게 되었다. 그 순간 아버지가 남긴 마지막 모습들이 머릿속을 스치고 지나갔다. 은혜는 그 모습을 분명하게 기억하고 있었다. 질병에도 역사가 있듯이, 태경의 아버지가 그가 고등학생이던 시절에 세상을 떠난 것도 그가 지나온 역사 속에서 그 원인을 찾을 수 있으리라.

언젠가 은혜는 태경이 자신의 아버지에 대해 이야기하는 것을 들은 적이 있었다. 그때의 그 표정을 은혜는 아직도 기억하고 있었다. 짧았던 표정이었다.

"나트륨의 역사는 어디서부터 시작된 거지?"

그가 도달한 결론은 시작이었다. 태경의 생각은 하나의 철학이 되어갔다. 그리고 그는 조금씩 취해갔다.

은혜는 앞서 걷는 태경의 뒷모습을 지켜보고 있었다. 그러다 멈춰 고개를 뒤로 돌리는 모습에서 지난날들이 떠올랐다. 그곳을 나온 그들은 잠실나루역까지 걸었다. 은혜는 좋은 커피집을 알고 있다며 건대 앞으로 가자고 했다. 지하철역 앞 작은 광장이었다. 두 사람의 눈에는 기타를 치면서 노래를 부르는 여자의 모습이 있었다. 역 앞에 다다랐을 즈음 한 무리의 사람들에 둘러싸여 있는 여자를 봤다.

은혜와 태경은 그 노래 앞에 잠시 머물렀다.

"우리 옛날에 노천극장 스탠드에서 그 얘기 했던 거 기억나요? 학교 졸업하고 일 년쯤 지나서 채용박람회 때문에 학교에 갔는데, 그때 오빠가 했던 말이 문득 생각났어요. 혼자 거기 앉아 있었거든요. 오아시스도 그 노래를 비틀즈의 영향을 받아서 만들었을 거라고. 오빠는 참 시니컬했죠."

그 여자가 부르는 노래는 존 레논의 〈Imagine〉이었다.

"그런데, 나중에 지나고 보니 오빠 말이 다 맞더라고요. 하나도 영향을 받지 않은 게 없고, 새로운 걸 만들려고 해도 처음에는 무조건 따라 해야 되고."

하지만 태경은 이제 그 시니컬함마저 잃어버린 오빠, 남자였다.

"난 신우 낳고, 한 몇 주가 지나서 그런 생각을 했어. 내 유일한 창조물이라고. 그런데 벌써 그런 생각이 들기 시작한다. 내 소유물이 아니구나. 어차피 우리 엄마의 피가 흐르기도 하고 아빠의 피가 흐르기도 하는 거잖아."

태경은 끝내 취하지 않았다. 하지만 자신의 입을 통해 드러나는 마음은 어느 정도 흔들리고 있다 말한다. 그는 은미의 아버지와 어머니의 얼굴을 본 지가 몇 년 되었다. 보지 않은 지 오래됐다. 400킬로미터의 거리만큼이나 멀어져 있는 사람들. 그들이 부부 사이일 때는 가까운 거리였을까.

신우는 오직 하씨 성을 가진 사람들만의 딸인 것인가. 그렇다고 용기를 잃을 텐가.

은혜는 텅 빈 스탠드에 앉아 그때를 떠올리고 있었다. 태경은 아직 그녀를 생각하고 있었다. 은혜가 아닌 은미를.

노천극장에서는 록밴드의 공연이 펼쳐지고 있다. 그 보컬의 목소리가 몇십 년을 지나 지금 노엘 갤러거의 목소리처럼 들려온다. 누군가가 따라 부른다. 부디, 화난 얼굴로 뒤돌아보지는 않기를.

The Ideas

정석이 한국에 도착했다는 은혜의 메시지. 주말에 함께 보자며 은혜는 태경에게 문자를 보내왔다. 핸드폰이 책상 위에서 진동했다. 머리를 감고, 세수를 하기 위해 화장실로 가려던 순간이었다.

태경은 인터넷에서 공모전 소식을 확인하게 되었다. 6개월의 시간이 남아 있다. 그건 버려진 땅에 새로운 도시를 만드는 프로젝트였다. 33.33제곱킬로미터의 개발되지 않은 땅이 있고, 나무들로 우거진 그곳을 건축가들의 아이디어로 꾸미는 일이었다. 그렇다. 그 공모전에 누가 당선이 되든 그건 모든 도전자들의 경쟁으로 이루어지는 것이다. 누가 주인공이 되든 말이다. 모니터 화면을 바라보던 두 눈은 용기를 얻었다. 태경은 힘을 얻게 되었다. 다 떨어졌던 기억들. 떨어지기만 한 기억, 추락, 그 땅의 무게에 의해 눌려버린 것들.

태경은 새로이 씻고 나갈 준비를 했다. 머리를 감고, 씻었다. 가평에 가면 좋은 숲이 있다.

"신우는 오늘 내가 데리고 나갈게."

토요일 아침 그는 일찍 집을 나왔다. 자신의 방 거울 앞에서 화장품을 바르고 있던 수자는 노크 소리에 문을 열었다. 문 앞에 선 그의 모습. 태경은 평소와는 다른 복장을 하고 있었다. 파란색 점퍼와, 그리고 등으로 메는 가방까지 챙겨 현관 앞에 놓아두었다. 물과 몇 가지의 간식들도 챙겨 가방 안에 집어넣었다. 태경은 자신이 사 놓은 바나나가 냉장고 안에 있다는 것도 기억하지 못했지만 수자가 그것을 챙겨주었다.

"어디 가요?"

"바람 좀 쐬고 오려고. 좀 쉬어. 밥도 먹고 들어올게."

그곳은 신우에게 보여주고픈 자연이었고, 숲을 보는 것은 신우가 처음 경험하게 될 일이기도 했다. 피톤치드의 한 성분인 피넨이 잔뜩 뿜어져 나오고 있을 것이기에 필요했던 시간이기도 하다. 그 아이도 그 동안 결코 쉽지 않은 나날들을 보냈을 것이다.

그들이 탄 차는 가평으로 향했다. 운전대를 잡은 아빠와 뒷좌석에 앉아 그 모습을 지켜보고 있는 딸. 그들은 잣나무 숲이 있는 곳으로 갔다. 태경은 조수석에 자신의 캐논 카메라를 놓아두었고, 책상 위에 놓아두기만 했던 그 카메라를 들고 나오는 것이 참 오랜만이라 느꼈다. 신우는 자동차에 타면 잠이 드는 습관이 있었다. 수자가 들어온 뒤로는 낮잠을 자는 시간도 줄었지만 차 안에서만큼은 언제나 고요했다.

'무슨 꿈을 꾸고 있니?'

태경은 혼잣말을 했다. 아니, 들리지 않을 말로 물었다. 일기예보는 비가 올 것이라고 했지만 비는 내리지 않는다. 그의 유일했던 그 단호한 믿음이 들어맞는 순간이었다. 그날의 날씨는 태경을 배신하지 않았다. 흐리고, 촉촉이 젖은 땅이었음에도 비는 내리지 않았다.

"네가 되게 좋아할 줄 알았는데."

태경은 풀잎들을 만져보는 신우의 모습을 보며 그렇게 말했다. 하지만 그 손길은 무심했고, 뚜벅뚜벅 숲속으로 걸어가는 딸의 모습이 대견했지만 신나 보이지는 않았다. 그렇다고 배신의 감정을 느끼지는 않았으리라.

카메라를 들어 사진을 찍었다. 그 카메라는 키가 큰 나무들을 올려다봤다. 솔방울을 가지고 노는 신우의 모습을 찍었고, 떨어진 나뭇가지를 주워 지팡이를 쥔 늙은 할머니처럼 그것을 치는 모습에 웃음을 터뜨리기도 했다. 그제야 신이 났다. 신우의 발걸음도 더욱 바빠지기 시작했다. 태경은 공모전에 출품할 작품을 구상하기 위해 그곳을 찾은 것이었다. 훗날 그 아이는 그곳에서 자신의 아버지가 꾼 꿈을 기억하고 있을까. 그곳에는 나무들이 있었다.

태경은 신우를 안았다. 아빠에게 안긴 신우는 그의 머리카락들을 만졌다. 특별한 목적지도 없이, 하지만 일상적인 패턴으로 움직이는 길고양이처럼. 태경은 한날 자신의 모습을 떠올리면서 세월의 지나감을 느꼈다. 바람이 불고 공기가 이동했다는 사실을 알게 되었다. 그곳에서 아버지가 해주었던 말이 떠올랐다.

"정치는 숲에 있다."

어린 태경은 그 말뜻을 이해하지 못했다. 그건 너무도 밑도 끝도 없는 문장이었기 때문이다. 앞서 걷던 아버지는 그 말을 한 뒤에 고개를 뒤로 돌리며 웃어 보였다. 태경은 그 모습을 잊지 못한다. 기억하고 있었다. 아버지의 큰 걸음은 숲속 깊은 곳으로 향하며 점점 그 모습이 흐릿해지기 시작했다.

태경은 차창 앞을 바라보고 있다. 숲에서 등을 돌리지 못해 시동을 켜지 못하고 있다. 거울을 통해 뒷좌석을 봤다. 그리고 미소지었다.

배가 고팠다. 태경도 신우도, 그들은 더 이상 숲에 있을 수 없었다. 주차장을 나와 구불구불한 길을 달렸다. 터벅터벅 걸어 내려왔다. 하지만 그들은 힘들지 않았다. 가족이 가진 힘이었을지도 모른다. 하늘이 온기를 찾은 듯 따뜻한 색깔이었다. 창문을 열면 들려오는 바람 소리가 귓가에서 속삭였다. 태경은 핸드폰에서 아기돼지 삼형제 노래 한 시간 듣기를 찾았고 그것을 틀어 신우에게 들려주었다. 신우는 그 노래를 따라 부르고 있었다. 물론 어떤 가사의 노래를 따라 부르고 있는지는 알 수 없었지만 말이다. 20분 정도를 듣고 차에서 내려야만 했다. 신우는 당연히 그러기를 원치 않았다. 그래서 두부전골집 주인 아주머니 또한 그 노래를 듣게 되었다. 아기 돼지 삼형제 노래는 한동안 계속되었다.

태경은 어머니에게 전화를 했다. 신우를 자신의 무릎 위에 앉힌 채 통화 버튼을 눌렀다. 아빠와 딸의 모습을 보여주고 싶었던 걸까. 보글보글 끓고 있는 두부전골 앞에서 영상 통화를 했다.

손녀가 마냥 사랑스럽지만은 않았을 그의 어머니. 손녀의 투정과 고집을 받아주며, 그래서 때로는 성질을 부리기도 했을 그녀.

"신우! 밥 먹어? 뭐 먹고 있니?"

그녀의 핸드폰 화면에는 사랑스러운 손녀의 모습이 비치고 있었다. 자신을 쳐다보며 미소짓고, 그리고 이내 시선을 돌렸다. 하지만 섭섭해 하지 않았다. 태경은 핸드폰 카메라를 옮겨 전골 냄비를 비췄다. 두부와 버섯, 그리고 갖은 야채들이 먹음직스럽게 놓여 끓고 있었다.

"신우 버섯은 못 먹잖냐."

"두부 주면 되죠. 우리 신우 두부 좋아하지?"

하지만 그 아이는 자신의 앞에 놓여 있는 반찬들에 관심을 두는 일이 먼저였다. 신우는 간장에 조린 콩을 손으로 집어 입에 넣었고, 그리고 사과 맛이 나는 소스에 버무려진 양배추를 다른 한쪽 손으로 집어 들었다.

"아이구! 저거 옷에 다 묻는다. 얼른 밥 먹어라."

"네 엄마! 나중에 다시 전화할게요."

그 통화는 짧았다. 하지만 서운해하지는 말라. 신우는 잘 먹는다. 얼른얼른 커라 내 딸아! 그렇게 되뇐 태경이었다.

그 모습을 본다면 누구든 소망할 것이다. 그 아이가 무럭무럭 자라기를.

일주일이 지났다. 한 주가 지나면 이만큼 자라 있고 또 한 주가 지나면 이만큼 자란다. 신우는 무럭무럭 자라나고 있다. 성장의 크기는 가늠할 수 없는 것이었다.

태경은 정석을 만나야 했다. 약속한 날이 되었다. 그는 인터넷에서 토양과 관련된 자료를 찾느라 여전히 컴퓨터 앞을 떠나지 못하고 있었다. 그의 앞에는 잔이 하나 놓여 있었고, 바닥에 가라앉은 커피는 이미 말라붙은 상태였다. 주제는 카페인이 인체에 끼치는 악영향으로 넘어왔다. 그때 은혜에게서 전화가 걸려왔다.

그들은 홍대 놀이터에서 만나기로 약속했다. 전화를 끊고 난 뒤 태경은 생각했다. 정석을 만나면 무슨 말을 할까. 걱정이 밀려왔다. 따로 연락도 하지 않던 사이였는데. 그 거리의 어색함에서 무슨 말부터 건네야 할지. 언제나 그랬듯 정석이 먼저 말을 걸어올까. 태경은 컴퓨터 너머 어딘가에 시선을 두며 무엇도 쳐다보지 않고 있었다.

카페인이 인체에 끼치는 긍정적인 영향만을 고려해도 떨쳐버릴 수 없는 걱정이 있었다. 그건 바로 중독성과 관련된 것이었다. 그를 만나는 것이 오랜만이다. 정석은 얼마나 변해 있을까. 또 무슨 말을 할까.

그 질문은 앉은 위치를 옮기면서까지 반복됐다.

"캐나다 사람들은 외국을 여행할 때 가방에 국기를 꽂아 놓는다거나 배지 같은 걸 옷에 달고 다닌대요. 서양인들이라고 쿨하지만은 않은 거죠."

어느 날은 그가 무라카미 하루키의 에세이 『먼 북소리』를 읽고 와 캐나다 사람들에 대한 이야기를 했다. 아주 오래 전의 이야기다. 정석은 그때 어느 일본인 작가가 바라본 서양인들에 대한 시각을 자신만의 관점으로 옮겨와 전달했다. 그건 입을 통해서 전달된 것이었다. 중독성과 관련된 이야기였다. 결국은 울타리에서 벗어나지 못하는 사람들의 이야기가 아니었을까.

카페 주인은 말했다. 파리에 여행을 가면 커다란 배낭을 멘 미국인들을 마주칠 수 있고, 라파예트 백화점 주변에 가면 쇼핑백을 든 한 무리의 중국인들을 마주칠 수 있다. 그리고 태경에게는 그 말이 결정적이었다. 동양인 남자와 여자가 길거리에서 싸우고 있으면 그건 신혼여행을 온 한국인 부부다.

"하하하!"

태경은 크게 웃었다. 우유를 마시던 신우는 그런 아빠의 모습을 쳐다봤다.

태경은 그때 그 순간을 떠올리고 있었다. 지난날의 그 장면을 들여다보고 있다. 치워지지 않고 있었을 빈 소주병들. 국물이 졸아들어 몇 점의 건더기만 붙어 있었을 커다란 냄비. 하지만 선명하지 않았다. 그 허름한 가게 안의 풍경과 옆자리에 앉았던 사람들의 모습은 희미해서 보이지 않는다. 심지어 그의 옆에 앉은 은혜의 모습조차도 흐릿해 알아보기 힘들었다. 마치 핀이 나간 포커스와도 같다. 그 눈은 오로지 정석의 입을 향해 초점을 맞출 뿐이다. 그리고 이따금씩 마주치는 눈동자다.

"나는 박근혜가 대통령이 됐으면 좋겠어. 너무 좋을 것 같아."

그때 은혜는 그렇게 말했다. 하지만 정석은 포기의 관점으로 그 일을 바라봤다.

"야! 누가 되면 뭐해. 오른쪽으로 가나 왼쪽으로 가나 결국 다 한곳에서 만날 건데. 다 필요 없어."

흰 양말에 묻은 때가 조금씩 지워져 가고 있던 때. 그곳에서 나눴던 대화.

태경은 그때 정석의 모습이 떠올랐다. 그리고 그는 정석이 데리고 올 일본인 약혼자의 얼굴도 보게 될 것이다.

"요코?"

그 여자의 이름은 요코였다. 정석이 결혼하게 될 상대, 여자였다. 그는 그녀의 품에서 평화를 느꼈던 걸까?

태경은 홍대 놀이터에서 은혜가 오기를 기다렸다. 약속 장소로 오기 전, 몇 시간 전 태경은 신우와 함께 그 카페에 있었다. 회색 벽의 카페. 알록달록한 색깔로 칠해진 아파트 건물을 마주 보고 있는 투명한 눈.

순수의 창문을 통해 자신이 사는 아파트를 바라본다. 거대하고 높았다.

"구상하고 계신 건 있으세요?"

태경은 카페 주인에게 자신이 건축 관련 일을 한다고 이야기했다. 카페 주인은 태경의 그 말을 환영하는 것처럼 느껴졌다. 한 아이의 아빠라는 것은 알았지만 그가 무슨 일을 하고 있는

지에 대해서는 몰랐던 그다. 물론 태경 역시 그가 어떤 관계를 맺고 살아가고 있는지에 대해서는 알지 못했지만 말이다.

그는 자신이 건축가라고 이야기했다. 그리고 곧 공모전에 참여할 것이라고 말했다. 언젠가 도시 하나를 설계하는 것이 자신의 꿈이었다는 것을 말하기도 했다.

"아직은 구체적인 그림이 그려지지 않네요."

그러자 카페 주인은 이 카페의 탄생 과정에 대해서 이야기했다. 자신도 언젠가 작은 건물 하나를 짓는 꿈이 있었다며, 이 건물을 지은 것 역시 철저하게 본인의 의지였다는 것을 말하기도 했다. 카페 주인이 되기 위해 커피를 배운 것인지, 자신이 구상한 모습의 건물을 짓기 위해 카페 주인이 된 것인지를 모르겠다고도 했다. 현실이 꿈과는 달랐다고 이야기하기도 했다. 그 말끝에 태경은 미소를 지어 보였다. 꿈을 꿨다. 그리고 종이 위에 그림을 그렸다. 문과 창문의 위치를 정하고, 하지만 수도와 전기가 들어오는 길을 어떤 식으로 연결해야 할지 몰라 막막했다고 이야기하는 부분에서 미소를 지어 보였다. 설계는 도시의 구조에 맞춰야 하는 것이었다.

카페 주인의 이야기는 흥미로웠다. 비록 또렷한 발음으로 정확하게 전달되는 언어는 아니었지만. 그는 언제나 많은 이야기들을 하고 싶어 했지만 그것에 서툰 모습을 보이기도 했다. 때로는 스스로 길을 잃기도 하면서 말이다. 태경은 그의 이야기를 귀기울여 듣다가도 한 번씩 어떠한 표정을 지어야 할지 몰라 난감했다. 왜냐하면 그의 이야기 속에서 그 자신도 길을 잃곤 했기 때문이다.

그리고 그는 독일의 건축에 대해 이야기했다. 자신이 베를린을 여행하며 느꼈던 것에 대해 말하며 태경에게 그 감상을 전했다. 베를린의 수많은 건축물들 중에서 가장 인상 깊었던 건, 건축물이 아닌 홀로코스트 메모리얼이었다고 말한다.

"무덤 아닌가요?"

"비석이라고 해야 될지, 기념비라고 해야 될지. 아무튼 길고 낮은 회색 돌덩어리들이 줄 맞춰 세워져 있는데 장관이었어요. 꼭 도시 풍경 같기도 했고요."

그 순간 태경은 곧바로 집으로 가서 책상 위에 종이 한 장을 펼치고 싶은 마음이었다. '홀로코스트', 그려보고 싶었다.

하지만 약속 시간 세 시간 전이었다. 신우를 봤다. 그 아이를 떨어뜨려 놓는 일이 태경에게는 가장 힘든 것이었다. 신우는 그 카페를 좋아했다. 하지만 더 이상 있을 수 없었다. 그렇다고 카페 주인에게 아이를 맡길 수도 없지 않은가.

신우를 수자에게 맡겨 놓고 오면서 그는, 마치 그 아이를 가둬놓듯 문을 잠그고 나오면서 태경은 버스 안에서 핸드폰으로 홀로코스트 메모리얼을 검색했다. 그리고 사진들을 봤다. 길고 낮은 회색 돌덩어리들이 줄을 맞춰 세워져 있는 모습. 그의 말대로 장관이었다. 훌륭하고 장대한, 하나의 풍경 같았다. 하지만 창문 밖 건물들은 모두 높고 까마득하다. 태양이 가려져 그 모습이 차갑게만 느껴졌다. 그리고 태경의 눈에는 잭 아처-블랙 타워의 모습이 보였다.

스쳐 지나가는 나무들을 봤다. 내려야 한다. 안내방송 소리에 잠에서 깨듯 자리에서 일어났다. 그가 탄 7612번 버스는 홍대입구역 앞에 도착했다.

홍대 놀이터의 한 남자. 젊은이들만의 장이 열려 분주한 토요일 오후다. 태경은 미끄럼틀을 타기 위해 만들어 놓은 계단 위로 걸터앉았다. 10분 정도가 지났을까, 은혜가 보였다. 그리고 그 옆에는 정석의 모습이 있었다. 조금 더 짧아진 머리와 단정해진 옷차림이었다. 그런 그의 옆에 일본인 여자 한 명이 있었다.

놀이터 한가운데에서 그들은 서로 인사를 나눴다. 태경의 예상대로 먼저 안부를 묻는 정석이었다. 어떻게 지냈어요 형. 형도 이제 늙었네. 넌 아직 젊구나. 보기 좋아 보인다. 그 일본인 여자는 밝은 미소를 짓고 있었다. 그런 대화가 오가는 와중에도 태경의 시선은 반쯤 그녀에게로 향해 있었다. 하지만 그 얼굴의 분위기에서는 어딘지 우울함이 느껴졌다. 쌍꺼풀이 크고 눈 주위가 어두워서 그랬을까. 바닥에 닿을 듯한 검은색의 긴 치마와 회색 코트, 그리고 회색 페도라 모자를 쓴 그 모습은 마치 반전운동가와 같았다.

"요코예요."

요코. 하지만 정석의 모습을 존 레논이라 부르기는 힘들었다.

아웃렛

그가 구상한 것은 자연으로 만든 도시, 세계였다.

"집은 구조물로서만 역할을 할 것이고, 나무들이 중심이 된 도시가 될 거예요. 언덕과 바람이 주인공인 도시. 크고 아름다운 나무들은 있는 그대로 놔두고 그 사이에 집을 짓고 도로를 닦는 구상이에요. 집들은 그 나무들의 높이를 넘어설 수 없어요. 이게 프로젝트의 핵심이죠."

몇 주 뒤 태경은 카페 주인에게 자신의 구상을 이야기하며 계획도를 풀었다. 하얀 종이를 펴, 그곳에 그림을 그리듯. 큰 나무들을 그렸고 그 사이에 집들을 지었다. 그리고 길을 만들었다. 프레젠테이션 같은 태경의 설명이 끝나고 난 뒤 카페 주인은 상상했다.

"집들은 모두 하얀색인가요?"

그리고 그는 그렇게 묻는다. 그 하얀 종이 위에서 집은 존재할 수 없었다. 도시는 자연으로 돌아갔다.

다음은 환경을 파악하는 일이다. 구상이 끝나면 본격적인 설계에 들어가야 한다. 하지만 건축은 기본적으로 땅 위에 구축물을 짓는 일이었다. 그곳의 역사를 이해하고 앞으로의 변화를 걱정해야 했다.

그날 태경은 술을 많이 마셨다. 어제의 일이 잘 생각나지 않았다. 괜찮을 거라고 했다. 이렇게 마셔도 죽지 않을 거라고 말했다. 하지만 다음 날 아침 그는 어제의 모습을 스스로 기억해내지 못했다.

끝내는 은혜의 몸에 기대어 택시를 탈 만큼 만신창이가 되어 집으로 돌아온 그였다. 택시는 술 취한 자들의 구급차와 같다. 쓰러진 자는 기억하지 못한다. 하지만 냄새를 남기고, 창문을 열어 그것을 바깥으로 흘려보내야 비로소 사라지는 흔적이었다. 도시는 다음 날 아침까지도 절반 정도 취해 있는 상태다.

엘리베이터 문은 응급실 출입구와도 같다. 몸이 축 늘어진 남자 하나를 부축해온 사람들은 그날 밤 함께 술을 마신 사람들이었다. 태경의 집은 10층이었다. 은혜와 정석은 태경을 부축해 집에까지 올라갔고, 문을 두드렸다. 그리고 그 집에서 나온 여자의 얼굴을 봤다. 수자였다. 은혜는 그녀의 눈을 봤고, 수자도 그녀의 눈을 보며 마주쳤다. 그리고 옆에 선 남자의 모습을 봤다. 신우는 먼발치에서 그들의 모습을 지켜보고 있었다. 그 일본인 여자는 그들의 뒤에 선 신우의 모습을 보고 있었다.

요코, 그녀는 전쟁을 반대한다고 이야기했다.

"집을 짓지만 않았다면 전쟁은 없었을 텐데요."

건축가인 태경에게 그 말은 불편할 만한 이야기였다. 하지만 그 말속에는 진심이 있었다. 소주 한 잔을 직접 따라주며 그녀는 태경에게 건축가로서의 삶에 대해 위로를 건넸다. 집을 짓지만 않았으면, 전쟁은. 그리고 그는 그 자리에 쓰러져 버렸다. 요코가 따라준 한 잔을 들이켜고 난 뒤 태경은 정신을 완전히 잃어버렸다. 잠에서 깨 보니 집이었다. 평화로운 곳, 그리고 부글거리는 속과 어지러운 머리. 신우는 그런 태경의 몸을 이리저리 흔들었다.

은혜는 그날 밤 태경의 집 문 앞에서 신우의 얼굴을 봤다. 가는 눈에 머리가 곱슬한 아이의 모습을 봤다. 은혜는 수자의 뒤에 선, 은미를 반쯤 닮은 그 아이의 존재를 받아들이게 될 수 있을까?

"나 어떻게 왔어?"

태경은 아침에 일어나자마자 은혜에게 전화를 걸었다.

"경비실 아저씨가 도와줬어요. 자주 오는 환자라는 듯이 안내해주던데요."

하지만 필름이 끊긴 채로 집으로 돌아오는 일은 이제 없었다. 아파트 경비 아저씨에게까지 그런 모습을 보여준 적도 없었다.

"어제 일 하나도 생각 안 나요?"

어젯밤 은혜는 택시 안에서 전전긍긍했다. 그가 살고 있는 아파트를 알고 있으면서도 집이 어디인지를 몰라 깜깜했던 것이다. 축 늘어진 몸을 택시에 싣고도 다음 계획을 세우지 못했다. 정석과 요코가 그의 집을 알고 있을 리도 만무했다. 은혜는 태경의 몸을 흔들어 깨워보려 했지만 소용없었다. 힘에 겨운 일이었다. 홍대 앞에서 그의 집까지 가는 거리는 결코 멀지 않았다. 은혜는 창문 밖으로 고개를 돌렸다. 그때 지나가는 높은 빌딩 하나를 보게 됐다. 커다란 빌딩 하나가 그녀의 시선 앞에서 스쳐 지나갔다. 태경은 고층 건물에 살수록 뇌졸중 발병 확률이 높아진다는 연구 결과에 대한 이야기를 한 적이 있고 은혜는 그 대화를 떠올렸다. 감자탕집에서였다. 10층이라 치명적이지도, 덜 치명적이지도 않다던 그의 말에 그게 무슨 소리냐며 핀잔을 줬기 때문이다.

하지만 은혜는 그가 어느 건물에 사는 것까지는 알지 못했다. 그들은 택시에서 내렸지만, 하지만 그들 앞에는 12개의 높은 건물들이 있었다. 그들은 그곳 한가운데 어딘가에 서 있었다. 한 명은 몸이 반쯤 굽은 상태로 서 있었지만 말이다.

끝내 경비실 문을 두드려야만 했다. 용기를 낸 건 정석이었다. 하지만 비어 있었다. 얼마 뒤 동그란 손전등을 들고 나타난 한 남자가 그들 앞에 다가섰다. 그리고 태경의 얼굴에 그 불빛을 비췄다. 경비 아저씨는 태경의 얼굴을 곧바로 알아보았고 그들을 태경의 집으로 안내했다.

태경은 머리카락을 움켜쥐며 한숨을 쉬었다. 현실이 악몽이다.

벌떡 일어나 방을 나오니 수자가 식탁에 앉아 있었다. 수자는 방에서 나오는 태경의 모습을 봤다. 주방에서는 음식 냄새가 났지만 그것이 무슨 요리인지도 알아차릴 감각이 없었다. 여전히 온전하지 않았다. 그는 냉장고 문을 열었고 물을 꺼냈다. 그리고 식탁 위에 놓아두었던 자신의 컵에 물을 따랐다. 태경은 두 잔의 찬물을 선 자리에서 비워냈다. 그런 모습을 보면서도 수자는 아무런 말도 하지 않았다. 태경의 얼굴을 쳐다보지도 않았다.

"어제, 나 많이 취해서 들어왔지?"

자신의 몸을 누군가에게 맡겨버릴 만큼 취해 있었다. 어제의 그의 모습은 그랬다.

"배고파요?"

목구멍까지 차올라 있는 듯한 어젯밤 마신 술, 두 잔의 물을 마셨음에도 가라앉지 않는 목마름은 그것을 배고픔이라 말하지 않았다. 무안함이었을까. 또는 자신이 꾼 꿈을 들켜버린 듯한 기분이었다.

"친구들이 집까지 데려다 줬어요."

"방금 통화했어. 대학교 친구들인데, 나도 잘 기억이 안 나."

태경의 두 눈은 자신의 집 어딘가를 배회하듯 고정되어 있지 못했다.

"생일이 언제라고 했지?"

며칠이 지나면 수자의 생일이었다. 그 순간 수자에게 선물 하나를 해줘야겠다고 마음먹은 태경이었다. 뜬금없는 질문 같았다.

태경은 대뜸 그녀의 생일을 물었고 파주로 가자고 이야기 했다. 수자에게는 처음 있는 일이었다. 그녀는 그곳이 어디인지도 몰랐다. 서울을 벗어나 교외 지역으로 가는 일을 그녀는 상상해본 적이 없었다. 그건 77번 국도를 타고, 동그란 길을 돌아 차들이 더욱 빠르게 달리는 도로 위로 올라오는 일이었다. 하지만 그녀는 그런 경로를 그려본 적이 없었다.

다시 침대로 돌아가 누웠다. 신우가 그렇게 하지 못하도록 방해했지만 어떻게든 눈을 감았다. 급기야 신우의 목을 팔로 감싸고 움직이지 못하도록 만들었다. 하지만 소용없는 일이었다. 그럼에도 다시 눈을 감았다. 그곳은 병원이었다. 끝내 딸에게 자신을 치료해달라고 말하는 아빠였다.

점심을 먹었고 나갈 준비를 했다. 김치찌개 국물에 밥을 비벼 허겁지겁 배를 채우고는 씻고 옷을 챙겨 입었다. 수자는 소파에 앉아 그 모습을 지켜보고도 신경을 쓰지 않았다. 체할 듯이 밥을 먹는 그에게 천천히 먹으라는 말도 할 수 없었고, 아무런 반찬도 없는 식탁 위에 달걀이라도 구워서 얹어줘야 하는 것은 아닌가 생각했지만 그러지 않았다. 그리고 태경이 옷을 갈아입고 나왔을 때는 이미 신발장에 붙은 거울 앞에 서서 자신의 모습을 비춰보고 있었다.

태경은 딸에게 치료를 받았고, 밥을 먹고 회복된 몸으로 집을 나섰다. 그들은 파주로 향했다. 수자는 뒷좌석에 앉았고,

신우는 유아용 시트에 앉아 창문 밖을 내다봤다. 강이 보였고, 수자는 자유를 느꼈다. 주말 아웃렛은 사람들로 북적댈 것이다. 하지만 그녀에게는 그 여정이 신비로울 따름이었다. 무엇 때문인지 토라져 있던 그녀의 얼굴 표정도 그 색깔이 달라져 있음을 느낀다. 태경은 운전석 거울을 통해 수자의 얼굴을 살폈다. 태경은 생각했다. 반대로 자신은 무엇 때문에 그녀가 토라졌다고 느끼는지를 손을 뻗어 더듬듯 마음속 깊은 곳에 숨은 무언가를 찾아내려 했다. 하지만 앞질러가는 차들과 차선을 바꾸려 하는 운전자들의 눈치 싸움 속에서 그의 손은 더 깊숙한 곳으로 뻗지 못한다.

그곳에서 태경은 수자에게 모자 하나를 선물했다. 빨간색 털모자였다. 그리고 같은 매장에서 파란색 코트 한 벌을 선물했다. 그녀가 마음에 들어 한 것이었다. 그의 손에는 이제 몇 개의 쇼핑백이 들렸다. 태경은 어색했다. 수많은 사람들이 오고 가는 곳에서 함께 나란히 걸으니 이상한 기분이었다. 모두 감시자들의 눈 같았다. 또는 감독관들의 걸음 같다. 그의 시선은 오로지 사람들의 얼굴과 얼굴 사이로만 향했다.

부딪힐 듯한 발 사이를 오고 가며 균형을 유지했다. 그리고 고개를 들어 어딘가에 이끌린 듯 시선을 두었을 때는 반짝이는 유리 창문 속 하얀색 패딩 한 벌이 걸려 있었다. 신우의 몸에 꼭 맞을 듯한 크기였다. 스스로도 의식하지 못한 채 태경은 그곳 앞으로 다가섰고 곧 수자가 유모차를 몰고 뒤따라왔다. 그들은 그곳에서 신우가 겨울에 입을 옷 하나를 구입했다.

처음 그 옷을 봤을 때 수자는 모자가 달린 것이 귀엽다고 말했다. 물론 그 말은 태경에게는 조금 생소하게 들리는 것이었지만 말이다. 그런 옷, 그런 계절조차 익숙한 사람들. 모든 것이 새로웠다. 수자의 눈에는 그곳이 마치 다른 세계의 세상처럼 느껴졌다. 옷을 사고팔기 위해 성을 지은 자들.

집으로 돌아오는 길에 그들은 집 근처 레스토랑에서 밥을 먹었다. 커다란 유리벽에 두 글자의 한자가 적혀있는 곳이었다. 그리고 안으로 들어서 바라본 곳곳에 홍등이 걸려 있었고, 또 비슷한 색깔들이 사용돼 그려진 그림들이 여기저기에 내걸려 있는 곳이었다.

카운터에 서 있던 사람과 그리고 무언가를 들고 오고 가던 종업원들은 그 여자를 날카로운 시선으로 쳐다봤다. 하지만 그 남자의 모습 앞에서 친절하게 웃어 보였다. 그리고 신우를 향해 인사했다. 밥을 먹고 나왔을 때는 컴컴했다. 그리고 집으로 돌아오는 길 차 안에서 수자의 표정은 어두웠다. 운전석의 거울로는 그녀의 얼굴을 살피는 일이 힘들었다. 뒷좌석에 앉은 수자의 얼굴에는 조명등이 비치지 않아 자신의 피부색깔을 반사시키지 않았다. 빛이 없었기 때문이다.

동파육과 소주, 그리고 몇 가지의 면 요리들. 태경은 은혜와 전화 통화를 하기 위해 밖으로 나왔고 그곳에서 유리벽 안 수자의 얼굴을 보게 되었다. 노란색의 한자 뒤에 앉아 있는 수자의 모습을 봤다. 그 글자는 태경도 수자도 해석할 수 없는 것이었다.

하지만 직감이라는 것은 소주잔을 식탁 위에 놓기 전 이미 찾아와 있는 것이고는 했다. 집으로 돌아온 태경은, 늦은 밤 그는 은혜에게 전화를 걸었다. 술을 한잔 마시자고 했다. 그 목소리 너머 어딘가에는 낮고 긴 그림자가 드리워진 듯했다.

아무 일 없는 듯 말하는 그의 목소리 톤에서 분명히 무슨 일이 있는 것처럼 느껴졌다. 은혜는 얼른 태경의 얼굴 표정을 확인하고 싶었다.

그는 외투를 걸쳐 입고 나갔다. 거실 소파에 앉아 TV를 보고 있던 수자는 그 모습을 물끄러미 쳐다봤다. 목적지는 알 수 없었다. 단지 그리 멀리 가지 않을 것이라는 생각과 왜인지 다시는 돌아오지 것 같다는 생각이 그녀의 머릿속에서 교차로를 만들고 있었다.

"도착하면 전화할게."

은혜는 태경의 전화를 받고 옷을 갈아입었다. 아직 거실에서 TV를 보고 있던 그녀의 아버지는 자신의 딸에게 어디를 가는지 묻는다.

"잠깐 친구 좀 만나고 올게요, 아빠. 빨리 와요."

태경은 은혜의 집 앞에 도착해 전화했다. 하지만 은혜는 먼저 나와 있었다. 10분 뒤에 나가면 30분 정도 뒤에 도착할 수 있을 거라고 말했지만 은혜는 20분 정도를 먼저 나와 기다리고 있었다.

은혜는 저 멀리서 태경이 걸어오는 모습을 봤다. 외투 주머니에서 핸드폰을 꺼내며 발걸음이 느려지는 그를 봤다.

"오빠!"

통화 버튼을 누른 태경은 은혜의 목소리를 들었다.

"웬일이에요, 이 밤중에?"

핸드폰을 다시 주머니에 집어넣은 태경은, 그리고 자신의 앞으로 다가온 은혜에게 술이 한잔 마시고 싶다고 이야기했다. 아직 12시도 되지 않았는데 잠이 오지 않는다며, 그래서 전화했다고 말한다.

"근처에 어디 조용한 데 없어?"

태경은 은혜의 눈을 마주치지 않은 채 이야기했다. 은혜는 그런 태경의 모습에서 눈을 떼지 않고 있었다.

"저기 앞에 가면 맥줏집 있어요."

그때서야 태경은 은혜를 봤다. 그는 소주를 마시고 싶다고 이야기했다. 태경은 마치 고개를 가로저을 듯 이야기했다. 하지만 다행인지 그곳에는 소주도 팔고 있었다. 앞서 걷는 태경이었다.

은혜는 태경을 만져보고 싶었다. 몸 어딘가에 손을 대서라도 그 기분을 느껴보고 싶었다. 눈으로는 판단이 힘든 일이었다. 날카롭게 깎인 연필로 그려봐야 알 수 있을 스케치 같은 것이었다. 그녀는 이제 한계점에 도달해있다.

소주잔을 비우는 속도가 빠른 것은 태경에게 분명 무슨 일이 있다는 것이다. 하지만 먼저 그 이야기를 꺼내기 전에는 물어볼 수 없었다. 은혜는 과일만 집어먹으면서 한두 잔을 마실 뿐이었다. 시간만 흘렀다. 그러다 결국 태경의 팔을 붙든다. 더 이상은 쫓아갈 수 없는 속도였던 것이다.

"왜 이렇게 빨리 마셔요. 무슨 일 있죠?"

태경은 대답을 하지 않았다. 하지만 무슨 일이 있었다.

수자는 태경이 집을 나가 어디로 가는지 궁금해 하지 않았다. 목적지를 묻지 않았다. 태경은 수자에게 어디로 간다고 이야기하지 않았다. 그는 갈등했다.

"넌 아이 있는 남자 만날 수 있어?"

태경은 비어 있는 자신의 술잔에 술을 따르고 난 뒤 그렇게 말했다. 은혜에게 물었다. 태경은 그녀의 눈을 봤다. 은혜는 그 눈을 피할 수 없었다.

"왜 그런 이야기를 해요?"

은혜는 태경의 눈을 더욱 또렷이 쳐다보며 이야기했다. 끝내 흔들리고 만 건 태경의 눈동자였다.

태경은 눈을 떨어뜨렸고, 다시 벽에 걸려 있는 글자들에 시선을 돌렸다. LONDON, fog, daily, Football… 그리고 유니온 잭 문양 위로 시침과 분침이 어느 지점을 가리키고 있는 것을 봤다. 벽은 짙은 파란색으로 칠해져 있었다.

검은색 티셔츠를 입은 종업원의 가슴에는 영국 여왕의 얼굴이 그림으로 그려져 있었고, 옆 테이블의 사람들도 그들과 똑같은 안주를 시켰다. '치킨과 과일'이었다. 모든 것이 해결되고 난 뒤에 그들은 다시 이 자리에 다시 앉고 싶을 것이다. 보다 편안해진 마음과 완전한 모습으로.

"아이 있는 사람은 사랑을 못 해요?"

은혜의 그 목소리는 떨렸다. 태경은 그 말에 아무런 대답도 하지 못했다.

그녀의 눈에는 눈물이 고여 있었다. 그들의 앞에도 과일과

치킨이 놓여 있었다. 하지만 소주보다 더 쓴 말들이 오고 간 그들의 혀는 접시 위의 그 음식들을 필요로 하지 않았다.

삼자역학

태경은 카페 주인에게 자신의 구상을 이야기하며 계획도를 풀었다. 하얀 종이를 펴, 그곳에 그림을 그리듯. 큰 나무들을 그렸고 그 사이에 집들을 지었다. 그리고 길을 만들었다. 프레젠테이션 같은 태경의 설명이 끝나고 난 뒤 카페 주인은 상상했다.

몇 주 전의 일이었다. 그 하얀 종이 위에서 집은 존재할 수 없었다. 도시는 자연으로 돌아갔다.

은혜는 그 사진을 보며 한쪽 가슴이 무너지는 듯한 느낌을 받았다. 태경이 은미와 함께 어느 다리 위에서 찍은 사진 한 장을 보게 되었을 때 그녀의 한쪽 눈은 떨렸다. 아주 오래 전의 일이었다. 그들의 겨울 여행은 사진이 되어 은혜의 컴퓨터로까지 전달됐다.

'눈 내리는 춘천, 육림랜드의 놀이기구에 몸을 싣다.'

하지만 놀이기구들은 멈췄고, 사람들도 하나둘 떠나고 눈이 내리기 시작했다. 여행은 끝이 났다. 두 사람은 몇 년 뒤 결혼을 했고 많은 사람들 앞에서 맹세했다. 약속을 했다. 서로 사랑하고, 싸우더라도 서로 이해하고 보듬어주며, 평생 사랑하겠냐는 말에 그럴 것이라며 다짐했다. 그 모습을 지켜보는 사람들이 있었다. 박수를 치고 환호를 하는 사람들이 그 자리에 있었다. 그때의 다짐들이 한 몸을 옥죄어오기 시작하는 순간 결혼이라는 것은 울타리를 벗어나기 힘든 일이 되었다. 입을 맞추고 잠자리로 가는 순간부터 시작이다.

그들의 결혼 생활이 시작됐다. 서로 사랑했고, 또 싸웠다. 하지만 이해했고 보듬어줬다. 그럼에도 평생은 버거운 것이었다. 어느 순간부터 약속하지 말아야 했다는 것을 깨닫기 시작하는 은미였다. 고통스러워했고 우울해했다. 아이를 가졌고, 어느 날엔가 배가 불러오기 시작하며 그녀의 몸은 비정상적인 모습이 되어가고 있었다. 그녀가 생각했던 그 형체에 대한 결론이었다. 하지만 자신의 남편은 늘 그것을 만져보고 싶어 하고 그곳에 귀를 갖다 대고 싶어 했다.

무엇 때문인지 은미는 마지막 3개월 동안을 거의 웃지 않았다. 그렇다고 울지도 않는다. 배가 부른 그녀는 그저 누워 있기만 했다. 케이크가 먹고 싶다고 해서 아파트 건너편에 있는 빵집에서 치즈크림이 올라간 케이크를 사들고 왔는데, 한 시간쯤이 지나 태경이 화장실로 갔을 때 그는 케이크가 변기통에 빠져 있는 모습을 봤다. 태경의 눈에는 그 모습이 충격적이었다. 변기통에 빠진 케이크의 형체가 아니라, 그러고 나서 방으로 와서 본 은미의 얼굴, 누운 자세였다.

그 모습은 편안해 보였다. 그리고 조용히 잠에 들어 있었다. 몇 분의 시간이 지난 뒤에는 코를 골기 시작했고 태경은 집을 나와 놀이터로 갔다. 그곳에서 끊었던 담배 몇 개비를 줄지어 피워댔다. 집으로 들어가려다 말고 다시 편의점으로 가 맥주 두 캔을 사왔다.

어두컴컴한 밤 태경은 TV 앞에 앉아 시간을 흘려보냈다.

맥주 두 캔을 앞에 둔 채, 어떤 프로그램도 고르지 못한 채 이리저리 채널을 돌리며 전기만 낭비했다. 그녀는 끝내 되돌아오지 않았다.

다음 날도, 그리고 다음 날도. 마침내 신우가 태어난 12월의 겨울. 은미는 그 커다란 기적 앞에서도 감동하지 않았다. 웃지도 않았고 울지도 않았다. 그런 그녀의 모습을 보다 태경은 분만실을 나와 울었다. 벽을 움켜쥐다 그곳 앞에서 무너져 내렸다. 9개월 만에 낳은 아이였다. 신우에게 고마워해야 하는 일인지도 몰랐다. 그녀의 뱃속에서 10개월을 있지 않았던 것에 대해서 말이다.

그 홈페이지는 이제 사라지고 없다. 덕분에 그 흔적들도 영원히 찾을 수 없게 되었다. 눈 내리는 춘천, 그들은 육림랜드의 놀이기구에 몸을 실었다.

은미가 부산으로 내려가던 날, 그녀를 서울역으로 데려다주고 떠나던 모습을 볼 때. 마지막으로 뒤를 돌아봤을 때 그는 더 이상 은미의 모습을 지켜보고 있지 않았다. 큰 가방 하나와 함께 떠난 그녀. 그리고 아무것도 손에 쥐지 않은 채로 뒤돌아섰던 남자. 미련 없는 듯 떠나는 태경의 그 뒷모습을 바라보고 서 있는 은미였다.

우울한 모습의 은미를 바라보던 태경은 의사를 만나볼 것을 권했다. 그가 한 마지막 설득이었다. 그럼에도 변하지 않았다. 은미의 얼굴에는 더 이상 희망과 절망이 존재하지 않았다. 그녀는 그것을 정상적인 일이라 생각했던 건지도 모른다.

태경은 무표정한 얼굴로 반대편 건물 옥상에 있는 스피커들을 보고 있었다. 손에 든 커피 한 잔과 뿜어내는 담배 연기는 왜 여유로움을 뜻하지 않는가. 곧 사무실로 돌아가야 하는 이유 때문이었다.

"또 담배 피우냐?"

아람은 그 뒷모습을 보고 있었다. 인기척을 느낀 태경은 고개를 뒤로 돌려 그녀를 봤다. 옥상에 올라온 아람은 그에게 대뜸 그렇게 이야기했다.

"여기 흡연구역인데요. 식사하셨어요?"

"밥 먹고 들어왔어. 너는?"

그는 온 더 버거에서 햄버거를 먹었다. 하지만 아람에겐 이야기하지 않았다.

"먹었어요. 다작 사람들 만나고 왔어요?"

느린 구름 아래의 대화. 하지만 더 긴 여유는 없을 시간. 그래봤자 그들이 하는 이야기라고는 일에 대한 것뿐이었다.

"다음 주에는 또 부산에 가봐야 되고."

아람은 지난달에도 부산에 갔다 왔다. 그때 그녀는 우연히 해운대 백사장을 걸었고, 커다란 세 개의 건물 사이로 불어오는 바람에 날아갈 뻔했다며 그곳에서의 일을 이야기했다.

"그거 완공됐어요?"

그건 빌딩풍이었다. 키가 큰, 그리고 서로를 마주 본 채 떨어져 있는 세 개의 빌딩 사이에서 불어오는 바람에 대한 이야기였다. 그 역시 몇 년 전 해운대에 갔을 때 그곳 앞을 지나친 적이 있었다. 그때는 공사가 한창이었고, 그곳 앞에서 태경은 우연히 몇몇의 외국인 노동자들의 모습을 보게 됐다. 애비로드의 횡단보도를 건너는 비틀즈처럼, 흰색의 안전모를 쓴 네 명의 외국인 노동자가 길을 건너는 모습을 봤다. 태경의 본능이 그들을 따라 걷게 만든 것이 아니었다. 바다로 향하는 길을 따라 걷다 보니 우연히 마주치게 된 순간들이었다.

그들은 어느 식당으로 들어가더니 밥을 먹기 위해 앉았다. 모자를 벗지도 않은 채 걷더니 그곳 안으로 들어가서야 그것을 벗어두었다. 그들의 모습을 봤다. 태경은 그곳 앞을 지나쳐왔다. 해운대 바다는 햇빛을 받으며 반짝거렸고 태경은 눈이 부심을 느꼈다.

"일론 머스크가 얼른 하이퍼루프 프로젝트를 완성시켜서 서울에서 부산까지 20분 만에 쏴주면 얼마나 좋겠니."

"15분 아니에요?"

20분이든 15분이든, 5분이든. 하지만 부산이 서울보다 빠른 곳에 위치한다면 미래는 달라진다. -1분 만에 그 도시로 가는 일이 일어나게 된다면 세상은 또 어떻게 달라질 것인가.

"공모전 준비는 잘 돼가?"

그 키 큰 빌딩에 살게 될 사람들은 모두 부유한 사람들일 것이다. 그 건물을 짓는 데에는 동남아시아에서 온 외국인들의 힘, 노동이 필요했을 것이다. 부자들은 그곳에 갇혀 살게 될까. 바깥의 그 넓은 공간들을 차지하는 건 누구일까. 세상은 누구의 차지인가.

밖은 위험하고, 덥고, 춥고, 공기가 나쁘기 때문이다. 스스로 그곳 안에 갇히기를 원했던 사람들.

"이제 막 시작했어요."

아람은 태경의 시선이 향한 곳을 바라보고 있었다. 그 넓은 공간 속에서 서로의 눈을 마주치며 이야기하는 것은 그들 관계에 맞지 않는 분위기였기 때문이다.

태경은 한 계단씩 한 계단씩 걸어 올라갔다. 그리고 조금 더 높은 곳에서 세상을 보려 했다. 그건 그 빌딩에서 내려다보는 바다의 풍경과 같을 것이다.

그가 계획한 도시에는 어떤 사람들이 들어와 살게 될까. 그러기 위해서는 공모전에 당선돼야 한다. 그의 그 아름다운 구상이 세상에 옮겨지기 위해서는 주최측에서 그의 생각, 가치를 인정해줘야만 했다.

깜깜한 숲속에서 불을 켜게 될 사람은 누구인가. 집들이 들어서고 불이 켜지면, 길이 닦이고 그 가로등이 놓이면 인간들의 삶은 밝아질 수 있을까.

폴라 보텍스의 영향이었다. 차가운 공기가 높은 곳에서부터 이동해왔고, 바닥으로 내려앉았다 다시 위로 상승했다. 날씨가 추워졌다.

그때 준희는 수자에게 이야기했다. 수자에게 해고를 통보하던 날, 그날도 눈이 많이 왔다. 창 밖 어딘가를 보며 그녀는 지난날의 이야기를 들려줬다. 베이비시터의 추억이었다. 그녀는 유학생 시절에 아기들을 돌본 적이 있었고, 그 아이들은 모두 자신과 머리 색깔과 피부 색깔, 그리고 눈의 색깔이 달랐다고 이야기했다. 그들의 몸에서 나오는 것을 두 눈으로 목격하며, 그들에게도 기쁨과 슬픔이 있다는 것을 알아차리며 영감을 느끼기도 했다 말했다. 그녀는 그들의 웃음을 봤고, 또 눈물을 봤다. 하지만 그것들은 냄새가 나지 않는 것이었기에 큰 감동을 느끼지 못했다 말했다. 아이들을 데리고 화장실에 갔던 것이 가장 기억에 남는다고 말했다. 그리고 그녀는 창문 밖을 바라봤다.

그녀가 바다를 건넌 것은 합법적인 일이었다. 하지만 베이비시터 일은 불법적인 일이었다고 말했다. 보험도 들지 않았고, 세금도 따로 내지 않았다고 했다. 재정적으로는 큰 도움이 되었다고 이야기했다.

"다른 집에 가서 다른 아이를 돌보고 싶었어."

하지만 몇 개월을 일하다 스스로 변심했다고 이야기한다.

"돌아선 마음은 다시 돌릴 수가 없는 거잖아."

집주인과의 관계에도 싫증이 났고, 자신이 돌보던 아이도 이제는 자신에게 익숙해져 더 이상 새로움을 느끼지 못했다고 이야기했다. 이유라면 이유였다. 그러한 관계 속에서 해고의 이유를 찾을 수도 있을 것이다. 다시 겨울이 됐다. 그리고 이제 그녀는 또 다른 이별을 직감한다. 같은 겨울이었다. 하지만 신우는 조금 다른 아이였다. 자신의 립스틱을 부러뜨린 아이였기 때문이다.

태경은 소파에 앉아 있는 수자의 모습을 봤다. 그리고 그 앞에 앉아서 블록을 가지고 노는 자신의 딸의 모습을 본다. 신우는 빌딩들을 지었다. 그리고 수자는 신우가 지은 빌딩들을 사진으로 찍었다. 그녀는 해고당할 만한 근거를 가지고 있지 않았다. 태경의 앞에 놓인 빵은 따뜻했고 우유는 신선했다.

하지만 수자가 이 땅에 머무를 수 있는 시간은 이제 몇 개월밖에 남지 않았다. 주방 식탁에 앉아 빵과 우유를 마시던 태경은 문득 소파에 앉아 있는 수자의 모습을 봤다. 그녀의 눈이 향해 있는 곳은 핸드폰이었다. 그 속 세계에는 어떤 세상이 숨겨져 있을까.

수자는 소파에 양반다리로 앉아 핸드폰을 보고 있었다. 그녀는 문득 사진 한 장을 꺼내봤다. 신우가 지은 빌딩들을 사진으로 찍은 뒤 그것을 보고 있다, 그러다 문득 그때의 순간이 떠올랐다. 소혜와 함께 찍은 사진이었다. 눈밭이 된 집 마당에서 찍은 사진이었다. 나무들은 하얗게 뒤덮였고, 그것은 이제 무거운 달콤함이라 표현될 수 있을 것이다.

그건 그들이 공통적으로 가지고 있는 사진, 유일한 둘의 모습이 담긴 사진이었다. 둘 사이를 연결하는 닮음이란 지금 이 순간 그 사진을 보면서 추억에 젖어있는 일, 그것일지도 모른다.

그 아이는 사업가가 될 것이라고 이야기했다. 자신의 아버지처럼 뛰어난 능력을 가진 리더가 될 것이라며 다짐하듯 이야기했다. 수수깡으로 된 집 벽에 네모난 홈을 만들어 창문을 끼우고, 문을 세우고. 그 어릴 적 소년이 만들었던 집은 현대적인 건축물이 되어 어느 언덕 마을에 자리를 잡았다. 그 아이는 딸을 낳았고, 딸은 아버지의 뒤를 좇아간다.

그는 건축사사무소에 자신의 꿈을 의뢰했고 몇 번의 계절을 지난 뒤 그곳은 이제 Nathan의 집이 되었다. 처음에는 몰랐을 것이다. 수자는 그곳에서 어떤 바람이 불었고 어떤 비가 내렸는지를 알지 못했을 것이다.

그 아름다운 집 담장 너머로 보이는 저 아래의 아파트들을 보고 있는 것을 좋아하는 준희였다. 그녀는 테라스 탁자에 앉아서 홀로 와인잔을 들고는 했다. 나는 더 이상 저곳으로 갈 수 없다며 이야기했다. 이 세상은 저곳과는 완전히 다른 세계라고 말했다. 와인은 주지 않았다. 수자의 손에는 그 아름답고 둥근 잔이 쥐어지지 않았다. 수자는 거실 안에서 그녀의 모습을 훔쳐보기만 할 뿐이었다. 하지만 언젠가는 막걸리 한 잔을 그녀에게 건넨 적이 있었다. 비가 오는 날 스스로 부침개를 지져 수자를 식탁 위로 불렀을 때 준희는 그렇게 이야기했다. 그녀의 생각은 그런 것이었다. 베를린에 가면 베를리너 바이세를 마셔야 하고, 한국에 왔으면 막걸리를 마셔봐야 한다. 도자기로 만들어진 검은색 잔에 누런 술을 따랐다. 수자는 그녀가 따라준 술을 한 모금 마셨다.

태경은 다시 방으로 돌아가 꿈을 꿨다. 그림을 그렸다. 그의 손에는 로트링 600이 쥐어져 있다. 그에게 흑색 연필이란 여전히 그것을 가리키는 것이었다. 책상 한 켠에는 그리다 만 종이들이 수북이 쌓여갔다. 그리고 끝도 없이 이어지는 인터넷 기사들을 읽었다. 닳고 닳은 환경 보호를 위한 주장, 더욱 커져만 가는 사람들의 욕심과 이기심은 그것의 반대편에 서 있는 것이었을까. 본심은 파괴에 대한 고개 끄덕임이었을지도 모른다.

"거긴 우수관로 다 돼 있으니까 상관없어."

"지하수 관정은요?"

물이 빠지고, 또 샘솟는 물이 있다면 슬픔은, 그리고 또 기쁨은 모두 일상적인, 아무것도 아닌 일이 되어 흘러갈 수 있을까.

태경은 명제와 일에 대한 이야기를 하고 있다. 하지만 태용과 아람은 한마디의 말도 주고받지 않는다. 가원이 새로운 도면 디자인을 만들어 오면 그들은 그것을 가장 먼저 교환해보고는 했지만 그날은 그러지도 않았다. 서로 시선을 부딪히기라도 할까 신경을 잔뜩 곤두세웠다. 태경과 명제에게는 남의 일 같지 않은 일이었다. 그들 사이에는 어떠한 분쟁이라도 있었던 걸까.

"주말에는 뭐 했냐?"

그러다 주제를 돌려 이야기했다. 명제는 태경에게 물었다.

"신우 데리고 놀이공원에 갔죠. 사진 찍고, 맛있는 거 먹고."

"은혜 씨랑 같이?"

명제의 그 물음에 미소를 지을 뿐이었다. 태경은 미소짓고 있었다. 그리곤 책상 위에 놓아두었던 서류들을 다시 손에 쥐고 자신의 자리로 돌아갔다. 태경은 핸드폰을 켜 놀이공원에서 찍었던 사진들을 봤다. 신우와, 그리고.

일요일의 수자는 절 안을 걷고 있었다. 스님과 함께였다. 돌고 돌며 같은 길을 반복해서 걸었다. 한 시간이 지났다. 그 가운데에는 자그마한 탑이 있었고, 다시 그곳 앞에 서서 이야기했다.

"탑은 동서남북 어느 곳에서 봐도 똑같은 모양이죠. 하지만 우리가 원을 그리며 걷는 동안 이 탑의 모양은 얼마나 많이 변했던가요. 햇살 때문인가요. 아니면 저 지붕의 그림자 때문인가요."

한 시간 동안을 걸으며 그녀는 얼마나 많은 생각들을 했는가.

"나는 대각선 방향에서 탑을 보는 걸 좋아해요. 더 아름답고 신비롭지 않은가요."

그는 영어로 말했다. 그들은 그 탑을 정면으로 바라보고 있지 않았다. 그리고 수자는 그 스님의 말을 가슴속에 새기고 있었다. 머나먼 땅에서도 잊지 않은 종교. 그리고 그곳을 찾았던 한 여자.

“다시 돌아가도 이 절과 탑을 잊지 말아요.”

그는 수자를 보며 이야기했다.

“스님의 이야기를 기억할게요.”

스님은 온화한 미소로 그녀의 떠남을 배웅해 주었다. 계단을 내려가 아래로 향하는 그 여자의 모습을 지켜보고 있었다. 수자는 1월 7일 자신의 고향으로 돌아가는 비행기표를 예약했다. 자신의 나라로 돌아가게 되었다. 그녀는 다시 해고당했다. 하지만 미련도 후회도, 그리고 그녀의 얼굴에는 슬픔도 존재하지 않았다.

신우는 동요하지 않았다. 그녀가 자신을 떠나 원래의 품으로 되돌아가는 날에 그 아이는 울지 않았다. 문이 닫히는 소리가 났음에도 울지 않았다. 그 아이는 이제 다른 품으로 안긴다. 오고 가는 비행기들처럼. 한 대의 비행기가 떠나면 한 대의 비행기가 도착하는 것처럼. 공항 안의 사람들은 누구나 그 모습을 바라봤을 것이다. 시선을 뗄 수 없지 않았던가. 훗날 그 아이는 그것을 낭만이라 여길지도 모른다.

파마머리를 한 여자는 또 다른 한 명의 여자를 마주했다. 그녀의 시선 속에는 은혜라는 이름의 여자가 있었다.

자신의 아들 옆에 서 미소를 짓고 있다. 태경의 어머니는 그 모습을 보며 고개를 끄덕이지 않았다. 과장된 몸짓과 목소리로 그녀를 반기지도 않았다. 아들을 도와달라며 간절하게 부탁하지도 않는다. 옅은 미소를 지으며 서 있을 뿐이었다.

따뜻하게 데워진 온돌방에 앉았다. 한동안 아무런 대화도 오고 가지 않는 그들 사이였다. 그 여자가 화장실을 가겠다며 잠깐 자리를 비운 사이 어머니는 태경에게 그렇게 이야기했다.

"참하네. 성품이 좋아 보인다."

태경은 마치 청개구리 아들이 된 듯했다. 마치 양치기 소년이 된 듯하다. 어머니의 그 말에 안심하지도 그 말을 의심하지도 못했다.

그녀는 자신의 앞에 놓인 물을 한 모금 마셨고, 젓가락을 들어 회 한 점을 맛봤다. 태경은 소주 한 잔을 들이켰고, 그리고 회 한 점을 맛봤다. 어머니와 아들은 서로의 눈을 마주치지 못했다. 신우는 그 대화의 건조함을 알아차리지 못했다. 굴, 그리고 멍게와 낙지, 바다를 표현한 그 한 상에 정신이 팔려 무엇도 눈치채지 못한다. 모든 것이 신기하고 신비로울 때다. 그 아이는 아직 그 상 위에 펼쳐진 연출을 해석할 만한 눈을 가지지 못했다.

그곳은 상견례 자리가 아니었다. 그들은 여의도의 어느 횟집에 있었다. 그곳에서 생선회와 술을 마시며 인사를 나누고 있었다. 그들은 결혼식을 올리지 않았다. 많은 사람들 앞에서 약속하지 않기로 했다. 그리고 함께 살기로 했다. 어머니도 잔치가 열리는 것을 보고 싶어 하지 않았다. 마치 골을 넣지 않는 축구 선수들 같았다.

무의식이 의식을 컨트롤하기 시작할 때 볼은 내 것이 된다. 언젠가 맨체스터 유나이티드의 경기를 보며 태경은 그러한 문장을 창조해냈다. 그들은 진정한 일원이 될 수 있을 것인가.

플라스틱으로 덮인 기계 덩어리에 작은 유리창이 있고 그 곳으로 은혜의 모습이 비쳤다. 태경은 자신의 카메라로 은혜의 모습을 찍었다. 디지털 카메라는 쉽게 찍을 수 있고 쉽게 지울 수 있어서 좋다. 그리고 가벼워서 좋았다. 적응 못 할 이유가 무엇인가.

은혜의 미소를 바라봤다. 그녀의 웃는 얼굴은 조금씩 태경의 얼굴에서 그늘을 걷어내기 시작했다. 그녀라는 의미는 마음속 깊은 곳에 쓰러져 있는 그의 성격들을 일으켜 세웠다. 신우를 데리고 놀이공원에 온 날, 태경은 신우를 안은 은혜의 모습을 사진으로 찍었다. 그리고 핸드폰 카메라로 그녀의 모습만이 담긴 사진 한 장을 찍어 저장해뒀다.

인스타그램에 그녀의 사진을 올리고 싶었지만 끝내 하지 않았다. 책상 앞에 앉아 있던 태경은 거실로 나왔다.

"신우 잠 온다. 벌써 자면 안 되는데."

신우는 은혜의 품에 안겨, 그리고 눈이 감기기 시작했다. 태경은 그 모습을 보며 말했다. 은혜는 신우의 볼에 입을 맞췄다. 하지만 그 아이는 이제 생긋 웃을 힘도 없어 보인다. 은혜는 불쑥 이야기했다.

“오빠, 우리 여행 가요!”

은혜는 태경에게 여행을 가자고 했다. 신우를 데리고 셋만의 추억을 쌓고 오자고 이야기했다.

“어디로?”

그들의 목적지는 코타키나발루였다. 은혜는 그곳으로 가고 싶다고 했다.

TV를 봤다. 그리고 태경은 생각했다. 태경은 은미와 신혼여행을 제주도로 떠났다. 그때부터 그들의 관계는 미묘하게 틀어지기 시작했다. 어쩌면 그것이 그들 갈등의 원인이 되었을지도 모른다. 출발점이 된 일이었을지도 모른다. 확실한 건 둘은 신혼여행을 떠난 내내 한 번도 웃는 모습으로 있지 않았다는 것이다.

금이 생기며 위태로워져 갔다. 태경은 보라카이로 가기를 원했지만 은미는 반대했다. 제주도로 신혼여행을 가는 것이 클래식한 일이라며 그곳을 강하게 주장했다. 태경은 은미의 그 이상함을 사랑했다. 하지만 은미는 태경의 그 이상함을 이해해주지 못했다. 그건 태경의 생각이었다. 말레이시아는 새로운 대안이 되었다. 은혜는 그곳을 주장했다. 아직 그녀의 냄새에 대해서도 잘 알지 못한다. 여행은 서로에 대해 알아가는 첫 번째 문과도 같다. 신혼은 뒤돌아보면 문이 닫혀 앞으로만 가야 하는 현실 속과도 같았다. 그곳을 지나 계속해서 가면 만나게 되는 사람이 있을 것이다.

"코타키나발루?"

태경과 은혜는 신우에게 코타키나발루라는 도시의 이름을 가르쳐줬다. 따라해 보라며 그 단어를 반복해서 이야기했다. 그때 신우는 그런 생각을 했다. 그 아이는 그곳이 어디인지를 알 수 없었다. 단지 자신이 그 단어를 따라 했을 땐 그들이 자신을 귀여워해주고 있다는 것뿐이었다. 신우는 힘겹게 미소지었다.

그들이 이야기를 나누는 모습을 보고 있는 신우였다. 은혜의 왼쪽 얼굴과 태경의 오른쪽 얼굴을 보며 앉아 있었다. 그들 뒤의 베란다 창문으로 신우의 모습이 흐릿하게 비쳤다. 그리고 그 아이는 잠이 들었다.

오미교의 두 남녀

태경은 은미를 만나기 위해 부산으로 내려갔다. 하이퍼루프를 탔다. 서울에서 부산까지 20분 만에 도달할 수 있는 이동 수단이 그곳에는 있었다. -1분 만에 도착한다면 세상은 또 어떻게 변할까. 태경은 다시 은미와 새로운 길을 걸어갈 수 있을까.

쓸모없는 생각일지도 모르겠다.

"밥은?"

"먹었어."

"애는?"

그들은 나란히 앉아 바다를 바라보고 있다. 그녀는 왜 그 대화처럼 무심하지 못했을까. 태경은 왜 아무렇지도 않은 듯 그런 그녀의 무심함을 못 본 척, 듣지 못한 척하지 않았을까. 그녀에게 마음이 있다는 것을 누구보다도 잘 알고 있는 남자였을 텐데 말이다.

"신우는 군인이 됐어. 미국에 가 있어. 다음 달에 한국으로 돌아올 거야."

군인이 된 신우에 대한 이야기, 그리고 좀처럼 커피 잔을 놓지 못하는 그녀, 은미의 모습. 담배를 꺼내 들었다.

"바다를 보면 담배가 태우고 싶어. 언젠가부터. 커트 보네거트와는 조금 다르지."

태경은 그녀를 빤히 쳐다봤다. 그는 그게 무슨 뜻인지를 이해할 수 없었다.

"당신은 담배 끊었어?"

태경은 7년 전에 담배를 끊었다. 폐렴에 걸린 뒤로 그는 더 이상 담배를 입에 물지 않았다. 은미는 8년 전부터 담배를 태우기 시작했다. 이제 담배를 태우는 사람 옆에 있는 것도 싫은 태경이었다. 해가 저물었다.

바다가 어두워지고 센 바람이 불자 그들은 그곳을 떠났다. 태경은 은미를 만났고 곧 헤어졌다. 발걸음을 옮겼다. 한참을 걷다 언덕길 위에 있는 계단을 걸어 올라갔다. 무릎이 시려 내려갈 일이 걱정이었지만, 하지만 바다가 보였다.

은혜는 떠올렸다. 은미를 만나러 간 자신의 남편을 생각하며 창문 밖 어딘가를 바라보고 있었다. 그 모습을 떠올렸다. 하지만 그 모습이 그려지지 않았다.

그녀는 사랑을 이룬 여자였을까.

신우는 16일 인천국제공항에 도착했다. 공항에는 아빠와 엄마가 마중을 나와 있다. 태경과 은혜는 한 시간 전부터 공항에서 신우가 오기를 기다렸다. 그리고 그들 옆에는 두 아이가 있었다. 동생들이었다.

"지용! 지민!"

지용은 고등학생이었고 지민은 중학생이었다.

"잘 있었어? 공부 열심히 하고 있지?"

신우는 동생들부터 챙겼다. 그런 큰 딸의 모습을 보며 아빠는 섭섭해 했다. 은혜는 그 모습을 흐뭇하게 바라봤다.

"야! 너 왜 이렇게 키가 컸어?"

"오빠 농구 또 졌어! 점퍼스 오빠들한테 또 졌다고!"

신우는 지용의 머리를 밀며 혼냈다. 그리고는 자신의 옆에 달라붙어 쫑알대는 지민의 목을 팔로 감쌌다. 그리고 엄마를 봤다. 은혜는 눈물을 떨궜다. 그녀는 신우에게 다가갔다. 딸은 엄마를 자신의 품으로 안아주었다.

아빠는 그런 신우에게로 다가갔다. 그리고 머리를 쓰다듬었다.

"아빠! 이제 담배 안 피우지?"

완전하게 끊었다고 맹세한다. 태경은, 그는 더 이상 한 줄기의 연기가 퍼져나감에 안도하거나 위로받지 않았다. 태경은 담배 냄새 나지 않는 아빠가 되었다.

그는 가족들을 위해서 집을 지었다. 신우의 어린 시절 추억이 담긴 아파트에서 그리 멀지 않은 곳에 한 채의 예술을 완성시켰다. 그때 그 공모전에서는 탈락했다. 순수의 창문은 닫혔고, 카페 주인이 어디로 갔는지도 알 수 없었다. 들리는 소문에 의하면 다시 여행을 떠났다는 말이 있었다.

집으로 가는 길의 풍경을 봤다. 신우는 창문 밖 풍경을 보며 세월이 지나갔음을 느꼈다. 눈으로 떠올린 기억이었다. 집으로 와 가장 먼저 김치찌개를 먹었고 저녁에는 횟집으로 가 술도 마셨다. 그 자리에 할머니는 없었다. 신우는 미국에서도 그녀를 그리워하고 또 그리워했다.

신우는 눈을 감고 생각했다. 한국으로 가는 비행기를 타기 전날 밤 그녀는 잠이 들지 못했다. 눈을 감았지만, 하지만 잠에 들 수 없었다.

군복을 벗어놓은 신우는 시내로 나갔다. 다음 날 그녀는 그저 사람들이 많은 거리를 홀로 걷고 싶었다. 자신이 20년을 자라온 곳, 도시. 그렇게 펼쳐져 온 역사 속을 다시 걷고 싶었다.

신우는 강남으로 갔다. 히든맨 버스를 타고 용산에서 내려 걸었다. 잭슨빌의 한 극장에서 본 영화가 있었는데 그 영화 속 주인공처럼 걷고 싶었다. 주인공의 모습이 마치 군장을 하고 달리는 자신의 모습과도 같아 보였기 때문이다. 그 영화는 미국에서 개봉돼 꽤나 큰 인기를 끌었다. 소설을 원작으로 한 한국 영화였다.

강남역에 도착했을 때는 이제 몸이 완전히 풀려 언제든지 전투를 치를 수 있는 상태가 되었다. 1킬로미터 정도를 달린 몸과 같았다. 하지만 서울은 너무도 평화로웠다. 총을 내려놓는 군인들의 모습처럼. 스쳐 지나가는 사람들이 보였다. 그때 그녀의 눈에 띈 곳은 어느 카페의 창가 자리였다. 한참을 그곳 앞에 서 있었다. 다리가 땅에 닿지 않는 아이의 모습이 그곳에 있을 듯했다.

에스프레소 한 잔을 주문한 신우는 그곳 자리에 앉았다. 그리고 고개를 옆으로 돌렸다. 한 자리 건너에 남자 한 명이 앉아 있었다. 머리가 짧고 피부가 검은 남자였다. 신우는 그의 옆모습을 바라보고 있었다. 그 얼굴은 창문 밖을 향해 있었다.

“어디서 왔죠?”

신우는 용기를 내 말을 걸었다.

“양곤이요.”

그는 흠칫 놀랐으나 이내 미소지으며 대답했다. 한 자리의 거리를 둔 채 오고 간 대화였다.

"미얀마 사람이군요. 여행 왔어요?"

그의 이름은 아웅손이었다. 이 책을 읽는 사람이라면 그녀의 곁에 있어주기를 원하는 누군가가 되어 있기를 바랐을지도 모른다. 하지만 신우는 잘 컸다. 튼튼하고 건강하게 자라 씩씩한 군인이 됐다. 그리고 20여 년이 지나 그녀의 앞에 나타난 한 남자는 그녀의 어린 추억을 떠올리게 할 듯 감상적인 모습이었다.

"서울을 여행해보고 싶었어요. 어머니가 이곳에서 몇 년을 계셨죠. 가끔 그때 이야기를 해요. 몇몇의 사람들을 만났고 아직도 그들을 잊을 수 없다고."

신우는 그의 이야기를 들었다.

"서울의 거리와 풍경에 대해서도 이야기해요. 그런데 와서 보니까 조금 달라요. 무드라든지. 어머니는 지금 병원에 계시죠."

신우는 눈동자가 흔들렸다. 초점을 잃을 듯 진동하며 그의 얼굴 어딘가를 주시하고 있었다.

'당신의 어머니는 누군가요? 이름이 뭐죠?'

하지만 신우의 입은 끝내 떨어지지 않았다. 입술조차 흔들려 어떠한 말도 꺼내지 못했다. 아웅손은 그런 신우의 모습을 심각하게 쳐다봤다. 신우는 궁금했다. 묻고 싶었다. 그녀의 이름이 무엇인지를.

하지만 묻지 않았다.

"미안해요."

그는 미소지어 보였다. 심각한 일이 아니었다. 아웅손이라는 남자는 신우에 대해서도 물었다. 대학생이냐고. 아니면 일을 하고 있냐고.

그녀는 군인이었다. 아직 배우며 성장하는 아이일지도 모른다. 아직 다 크지 않은 어른들의 대화였을까. 조금 더 크고 난 뒤에, 그땐 다시 세상이 조금 더 달라져있기를 바랄 수 있을까.

신우의 흔들리던 눈동자는 이내 아래로 떨어졌다. 다시 그의 얼굴을 바라봤다. 그리고 미소지었다.

창문 밖으로 걸어가는 아웅손의 모습을 봤다. 그는 고개를 돌려 미소지으며 손으로 인사했다. 안녕.

누군가를 대신해 하는 인사 같았다. 하지만 들리지 않을 소리였다.

"안녕, 신우야! 잘 지내니? 우리 꼭 다시 만나!"

아웅손은 떠났다. 신우 곁에는 아무도 없었다.